岡　山　文　庫

308

柴田錬三郎《しばたれんざぶろう》の世界《せかい》

熊代《くましろ》 正英《まさひで》　綾目《あやめ》 広治《ひろはる》

日本文教出版株式会社

岡山文庫・刊行のことば

岡山県は古く大和や北九州とともに、吉備の国として二千年の歴史をもち、遠くはるかな歴史の曙から、私たちの祖先の奮励とそして私たちの努力とによって、現在の強力な産業県へと飛躍的な発展を遂げております。

小社は創立十五周年にあたる昭和三十八年、このような歴史と発展をもつ古くして新しい岡山県のすべてを、〝岡山文庫〟（会員頒布）として逐次刊行する企画を樹て、翌三十九年から刊行を開始いたしました。

以来、県内各方面の学究、実践活動家の協力を得て、岡山県の自然と文化のあらゆる分野の、様々な主題と取り組んで刊行を進めております。

郷土生活の裡に営々と築かれた文化は、近年、急速な近代化の波をうけて変貌を余儀なくされていますが、このような時代であればこそ、私たちは郷土認識の確かな視座が必要なのだと思います。

岡山文庫は、各巻ではテーマ別、全巻を通すと、壮大な岡山県のすべてにわたる百科事典の構想をもち、その約50％を写真と図版にあてるよう留意し、岡山県の全体像を立体的にとらえる、ユニークな郷土事典をめざしています。

岡山県人のみならず、地方文化に興味をお寄せの方々の良き伴侶とならんことを請い願う次第です。

まえがき

　シバレンこと柴田錬三郎の名前は、或る年齢以上の人なら、ほとんどの人がご存じだろう。戦後における剣豪スターとしての第一人者である眠狂四郎《ねむりきょうしろう》の作者の名前として、ご記憶のことと思われる。それまでの剣豪スターとしては、中里介山《なかざとかいざん》『大菩薩峠《だいぼさつとうげ》』の机龍之介《つくえりゅうのすけ》や林不忘《はやしふぼう》『新版大岡政談《しんぱんおおおかせいだん》』の丹下左膳《たんげさぜん》などが有名だが、眠狂四郎は彼ら有名剣士たちの系譜に位置していて、かつ確固とした存在感を持つ剣士である。柴田錬三郎はこの眠狂四郎を造型したことだけでも、日本の時代小説史に名前を残す作家であると言える。

　しかし、眠狂四郎の盛名が高すぎるためか、柴田錬三郎の他の文学作品にはあまり眼が向けられていない。だが、柴田錬三郎は『眠狂四郎』シリーズ以外にも、実に多くの且つ多彩な小説を書いている。享年が六一歳だったという、その必ずしも長くはなかった人生において、柴田錬三郎は圧倒的な量の作品を残している。柴田錬三郎の選集や時代小説だけに特化した全集もあるが、それらから漏れた作品も数多くあることを、言っておきたい。

また、柴田錬三郎の文学についての研究も単行本としては、たとえば中村勝三の『柴田錬三郎私史』（鵬和出版、一九八六・三）や澤辺成徳の『無頼の河は清冽なり　柴田錬三郎伝』（集英社、一九九二・一一）などがあるくらいで、柴田錬三郎の文学に本格的な鍬はほとんど入れられていないと言える。本書は、その鍬入れの先駆けの一つになろうとするものである。

ちょうど今年（二〇一七）は、柴田錬三郎生誕一〇〇周年であり、吉備路文学館ではこれを記念して、同館としては二度目となる柴田錬三郎展を企画した。その企画展と合わせて柴田錬三郎についての本を出したい旨を、吉備路文学館の熊代正英副館長からお聞きし、さらに熊代氏から共著の形で出しませんかというお誘いを受けた。柴田錬三郎が文壇にデビューするまでの時期を熊代氏が担当し、その後の彼の活躍を小説作品の解説を通して追うのを綾目が担当する、という形の共著である。日本文教出版の岡山文庫の一冊として出版してもらえそうだというお話であったが、その通りに実現した。日本文教出版にはお礼申し上げたい。

なお、柴田錬三郎の文章からの引用等については、その形式は必ずしも一貫していなく、文脈に沿って相応しい形式に適宜したことを、あらかじめお断りしておきたい。また本書で、『眠狂四郎』と『決闘者』を扱った箇所は、以前の拙論「柴田錬三郎の剣豪小説――眠狂四郎と宮本武蔵」（拙著『反骨と変革　日本近代文学と女性・老い・格差』〈御茶の水書房、二〇一二・八〉所収）における論述と重なるところがあることも、お断りしておきたい。

二〇一七年六月二六日　綾目広治

凡例

・本文中の文献引用は行頭2字あきとした。

・本作品には、今日の人権意識からみて、不当、不適切と思われる表現があります。これらは現在では使用すべきではありませんが、原文を尊重する立場として、また、著者が故人のため作品を改変することは、著作権上の問題があり、原文のままといたしました。差別や蔑称の助長を意図するものでないことをご理解ください。

・本書の無断複写・転載を禁じます。

柴田錬三郎の世界／目次

柴田錬三郎の文学　綾目広治

表紙カバー／横尾《よこお》忠則《ただのり》画「眠狂四郎」
扉／写真・原稿執筆中　集英社　提供

柴田錬三郎の世界
—無頼の青春—

熊代 正英

一　錬三郎の肖像

柴田錬三郎は、短編小説「盗賊」の冒頭に、皮肉を込めて五十歳の自分の肖像を書いている。

筆名・柴山狂三郎。五十歳。作家。ただの作家ではない。剣豪という二字が、あたまにつく。その称にふさわしく、新聞雑誌に載る写真は、つねに、三角眼を底光らせ、口をへの字に曲げている。実に、好人物で、小心で、いささかオッチョコチョイのところもあるのだが、世間では、その面構えからは、そうは受けとらない。

目下、週刊誌小説を五本、ひき受けて、昼夜ぶっ通しで書きまくっているが、はたの者が、どうして、そんなに引受けるのか、とあきれても、当人自身には、それ相当の理由がある。書くことがきらいではないのだ。なまけ癖もない。一日ひまが出来ると、ソワソワして、おちつかない。悠然とおちつきはらっていることができないのだ。（「盗賊」）

ご存じシバレンの愛称で親しまれた柴田錬三郎の姿である。

書斎で構想を練るシバレン先生
どんなに多作でも締め切りを破らなかった。　写真　集英社提供

二　少年時代

1　故郷・備前市鶴海

　瀬戸内海に臨む備前市出身の作家が、日本の文壇を席巻した時代があった。昭和二十五年（一九五〇）から3年連続で、正宗白鳥が文化勲章、柴田錬三郎が、藤原審爾が、相次いで直木賞を受賞したのである。

　柴田錬三郎は、岡山県邑久郡鶴山村鶴海（現・備前市鶴海）に大正六年（一九一七）三月二十六日に生まれた。文学碑が生誕百年を前に平成二十八年（二〇一六）の誕生日に建立され、地元で顕彰されている。文学碑は、生家から程近い鶴海南遊園地の一角にあり、大きな台座に、万成石で出来た高さ1・5メートルの雲形の立派なものである。多くの人に愛読された作家に相応しく人の目の高さで見られるような工夫もされている。碑文には自伝的小説『わが青春無頼帖』の中から錬三郎の信条とも言える、「へつらったり、媚びたり、小ずるく陰に立ちまわったり――そういうことはすまい」

柴田錬三郎文学碑

文学碑近くの風景・酢瓶

の言葉が刻まれ、六十一年の生涯を紹介するプレートも隣にはめ込まれている。

没後十年に当たる昭和六十三年（一九八八）には、集英社が主催し（公財）一ッ橋綜合財団が後援する文学賞「柴田錬三郎賞」が設けられており、第三十回目を迎えている。

錬三郎が生まれた鶴海は、瀬戸の海を片上湾が呑み込んだ形の中に抱きかかえられている入江の小さな村である。錬三郎は「鶴海というのは、祖母の若い頃、春になると数百羽の鶴が、海辺へ飛来して産卵したからである。村人は、その一羽をも捕らなかっ

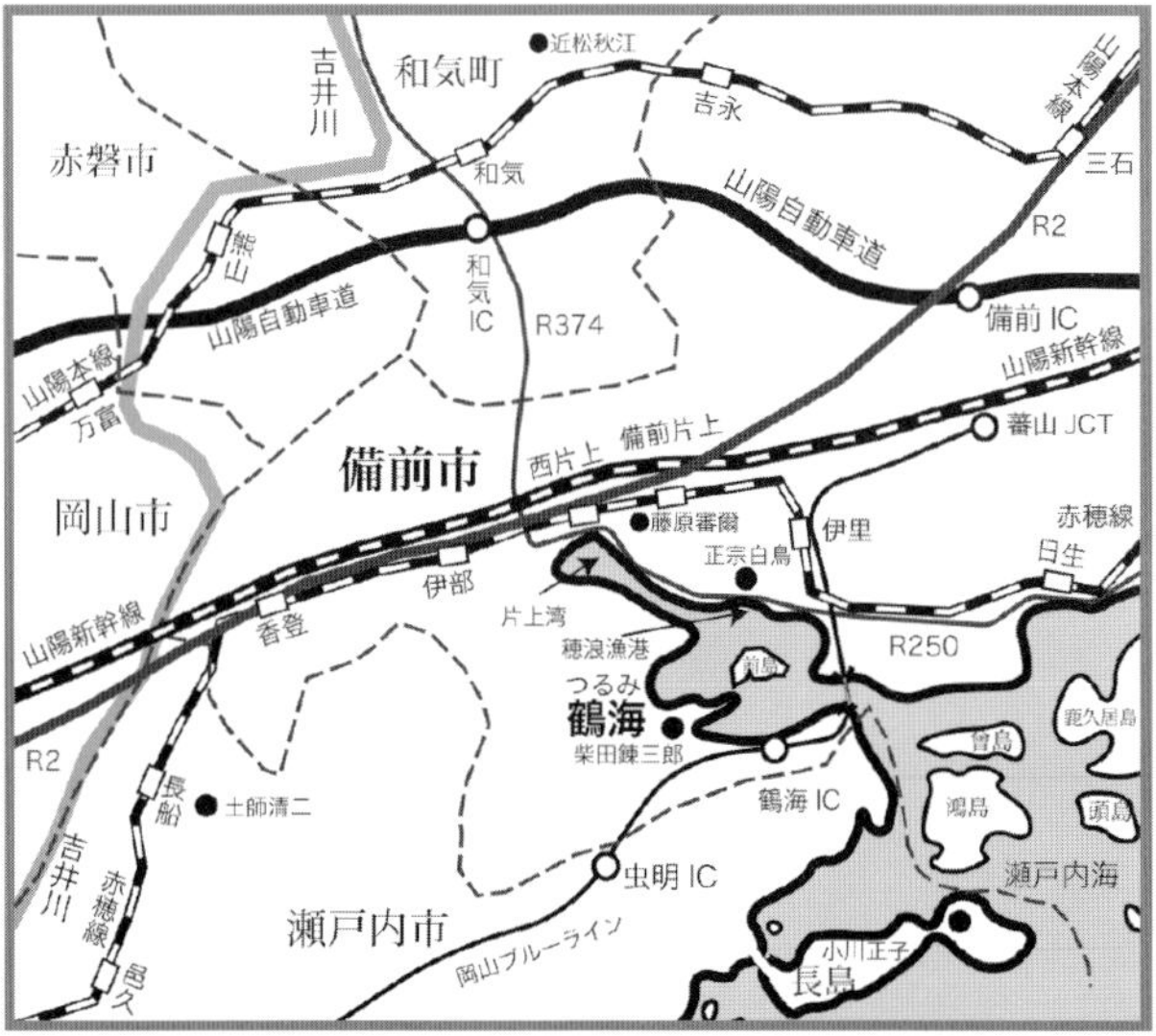

たので、鶴たちは、庭へ入って来て、子供と遊んだ。」と、明治の末ころまでの平和な昔物語りを語っている。

鶴海は、三方を山で囲まれている村でもある。南の山を越えれば、小川正子『小島の春』の舞台となった長島（愛生園）がある。入江を挟んだ対岸の穂浪漁港近くには、自然主義文学の大家・正宗白鳥が生まれている。白鳥の代表作のひとつ『入江のほとり』は、郷里や家庭の様子を写実的に書き、瀬戸の入江の佇まいの描写はことさら美しい。片上港（現・備前港）は、かつてお遍路さんが四国に渡る港として栄え、近くの西片上には『秋津温泉』で清冽な愛を描いた直木賞作家・藤原審爾がいる。片上の西隣りは、備前焼の里、伊部である。近くの和気は「和気清麻呂ゆかりの地」で『別れたる妻に送る手紙』などで私小説のジャンルを確立した近松秋江が出ている。

北方の峠を越えれば、長船町福里である。この福里からは、多くの時代小説を書いた大衆作家の土師清二《はじせいじ》が出ている。代表作『砂絵呪縛《すなえしばり》』は、人気を集め、相次いで映画化され、ニヒリスト剣豪・森尾重四郎を主役に阪東妻三郎が好演して一世を風靡した。

2　生い立ち

生家は、岡山ブルーライン「鶴海ＩＣ」を下りて入り江に沿って北進すると、鶴海港に注ぐ堂々川と出合い、その川を少しさかのぼった場所にある。塀に囲まれた旧家の風格にあふれた瓦葺き二階建ての立派なものである。庭のすみには、当時のまま百日紅《さるすべり》の木などが残り、錬三郎少年の息づかいが感じられる。かつて錬三郎は、

> 親がいるといないとでは、感じかたが、ちがって来る。ふるさとへ帰って、空家になったわが家の庭にたたずんだ時、異邦人のような侘しさをおぼえた。（「私のふるさと」）

と述懐している。生家は長い間、空き家だったこともあったが、隣接する宗教法人・無極仏教教会が譲り受け、「旧柴田家住宅」として原則第一

旧柴田家住宅と百日紅

日曜を除く毎週日曜日に、一般に開放されている。

柴田家は備前地方の典型的な中地主で、錬三郎は婿養子の父知太と母松重の三男として生まれた。知太は鏑木清方と同門の日本画家でもあり、趣味の域を越えた腕前であった。現在、知太の画は、生家で数点展示公開されているが、それは見事な作品である。

「母子像」（父 知太画）
妻と錬三郎がモデル

漢学にも造詣が深かった知太は、錬三郎が三歳の時に亡くなり、父親の面影を偲ぶことはなかった。唯一、父親について『眠狂四郎無頼控百話・下巻』の覚書に

　私の亡父は、無名日本画家で、多芸多能であったが、ひとつとして成らずに、終わった。ただ若干の漢籍を書屋に、若干の資質を倅の血に、のこして行った。（略）それが、どうやら、眠狂四郎の出現という、結果をみたといえそうである。

と、時代小説への傾倒を自己分析している。

幼少の頃

3　小学時代

　錬三郎は、大正十二年（一九二三）四月入り江の奥にある鶴山尋常小学校（現・東鶴山小学校）に入学した。錬三郎は、幼少の頃から、一人空想に耽って、にやにやする癖があった。父親が書屋に遺した漢籍を眺めるのが好きで、なんとなく漢文に親しみ、格調に惹かれていった。漢字の世界は、無限の想像の翼を広げさせてくれ、難しい熟語も想像力を働かせるのに大いに役立った。友達仲間の前でたちまち一篇の冒険物語を創って語って聞かせるような少年になっていった。また、漢字にめっぽう強くなり小学六年の時には、先生より漢字を知っていた。

　この頃、志賀直哉、芥川龍之介、メリメ、トルストイ、落語全集、講談全集、婦人雑誌の通俗小説、はては、明治大正犯罪類聚といったたぐいの本まで、片っぱしから乱読したものである。（「出世作のころ」）

　反面、錬三郎は少しも勉強しなかった。日々、スケッチブックを片手に海岸沿いに建ち並んだ耐火煉瓦、硝子工場、海に浮かんだ横島、唐島を材料に筆を走らせていて、家族の者は将来画家になるものだと信じていた。母松重は教師に、息子には算数の勉強は無駄だと告げ、錬三郎には

錬三郎 鶴山尋常高等小学校時代

「お父さんにそっくりだから芸術をやるんだね。」
（「わんぱく小僧を育てた母」）

と勉学にはいたって鷹揚であった。同級生も、

「印象に残っているのは絵がうまかったこと。お父さんの血を引いたのでしょうか。忍者とかチャンバラものを描かすと、先生もびっくり。のちに絵じゃなく小説を書いていると聞いてびっくりした。」（「山陽新聞　名作の風景」）

と思い出を語っている。錬三郎はチャンバラ画の主人公にでもなったような気がしていたのではないだろうか。

小学校時代は、いつも、小さな青大将を飼い慣らして、着物の袖に入れているような少年で、

「実ったナシを勝手に取って食べ、女の子のスカートをめくり、登校のときには他の子の頭を棒でたたいて回る」（「わんぱく小僧を育てた母」）

といった腕白ぶりである。村のボスだった。

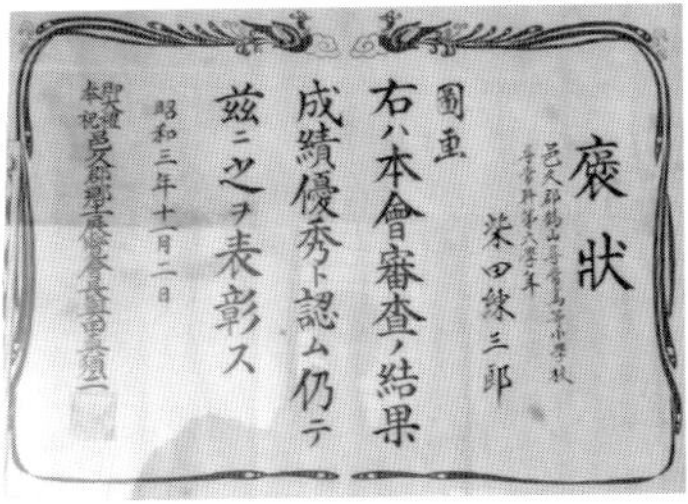
褒状
柴田錬三郎
圖画
右ハ本會審査ノ結果
成績優秀ト認ム仍テ
茲ニ之ヲ表彰ス
昭和三年十一月二日

小学時代図画の褒状　　チャンバラ画
（「旧柴田家住宅」無極仏教教会本庁 蔵）

錬三郎自ら

「故郷の海辺の村始まって以来のわんぱく小僧であった」

と洩らしている。

腕白ぶりのエピソードがある。

まず、妖艶な悪戯を一つ──。

近所に、隣村から花嫁が輿入《こし》れして来た。当時の風習として、向う三軒両隣の家へ、花嫁は、挨拶巡りをしなければならなかった。あでやかな花嫁衣裳をまとい、つ・の・か・く・しの下の顔を、うつ向けて、文字通り虫も殺さぬ殊勝な面持で、しずしずと歩く姿を、眺めているうちに、私の脳裡に、意地悪いアイディアがうかんだ。私は、竹竿をつかんで、そうっと、背後に迫り、いきなり、その裳《も》裾《すそ》を、ぱっとはぐってやった。瞬間、振り向いて、私を睨みつけた花嫁御寮の形相は、まさしく華厳経にある「女は地獄の使い」であった。

いま一つ──。

東鶴山小学校（昭和23年頃）『創立130周年記念誌』

鶏が鳥のくせに空も飛べず、卵ばかり産んで人間に奉仕しているのが面白くない。ある時、家鴨が泳ぐからには、鶏も泳げないはずはない、と考えた。私が、そのことを学校の先生に質問すると、鶏には家鴨のように水かきがないから泳げないだろう、という返辞であった。しかし、水かきのない野鳥のたぐい――鴉や雉は、水を泳ぐことができるではないか。某日、私は、近所の家の鶏小屋から、十数羽を盗み出し、これを、綱で数珠つなぎにして、海辺へはこび、小舟に乗せて、沖へ漕ぎ出すと、投げ込んだ。結果は、一羽のこらず溺れ死んでしまった。(『地べたから物申す』)

こんな錬三郎少年の悪戯は、大人たちの目には悪童の典型として映り、しばしば母親からお灸をすえられ、教師には殴られた。各家からは度々猛烈な抗議を受け、その度に母親は謝って回った。

学校の方は、すこしも勉強しなかったが、どういうものか、母は、勉強しない事を、一度も叱らなかった。ただ、長兄が、帰省して、私のさんたんたる通信簿を眺めて、憤りのあまり、畳へ、たたきつけたりして、母に、もっと勉強させなさい、と忠告していた。しかし、母は、私には、何も云わなかった。

学校の勉強など、どうでもいいから、悪戯《いたずら》を止めてもらいたく、ひたすら、それを祈《いの》っていたのであろう。（「わんぱく小僧を育てた母」）

二歳上の次兄が、勉学、生活態度とも優秀の模範生であっただけに、母親の心配はひとしおだったのだろう。

さらに、錬三郎少年の最大の特質は、極端な「嘘つき」にあった。ただ、その嘘は、無害無益な可愛い嘘であった。

例えば——。

当時、どこの小学校の校庭にも、薪を背負って、読書している二宮金次郎の像が、勉強の象徴として、建てられてあった。

教師が、その二宮金次郎の業績について、くどくど教えた。（中略）

「先生——」

「二宮金次郎は、ぼくが調べたら、足蹇《なえ》でしたぞな。じゃから、重い薪を背負うて、山を降りる時は、足が痛うて、なんぼうにも辛うてかなわなかったんじゃ。それで、その痛みを忘れようとして、わざと、むつかしい漢文の本を読んだ、というのが、真相じゃったんですがな」（『地べたから物申す』）

こんな嘘を、一日に数度は誰かに向かって、めったやたらに喋りまくったのである。錬三郎少年は、作り話の天才となっていった。

武家の躾を身につけ、男尊女卑の暮らしをしてきた祖母は、末っ子の錬三郎を溺愛した。錬三郎は小学生の頃、小遣いが足りなくなれば、祖母を恃《たの》みとする、小遣いをせびるのも巧妙で、ただ、「くれ」とは言ず、まことしやかな理由をつけて小遣いをせしめるのだ。それも、毎度同じ嘘はつかない。話はだんだん巧妙になってくる。祖母は、こうした「嘘つき」を、すべて見破っていたが、本当のこととして、笑顔で聞いているふりをしていた。また、小遣いを拒絶したことはなく、値切ったこともなかった。

錬三郎は大学生になってから、祖母にだけ夢を語ったことがある。

たぶん、将来は文士になって、文章を書いて生活するだろう。それをきいた時、祖母は、はじめて、一言だけ、「お前の嘘つきが、役に立つの」と、云った。（『地べたから物申す』

可愛がってくれた祖母は、錬三郎が大学を卒業した夏に亡くなってい

『地べたから物申す』
昭和51年5月　新潮社

る。錬三郎の「嘘つき」の特質は、言葉を変えれば空想力の豊かさが、読者の胸に響く花も実もある絵空事の作品を生ませたのであろう。

　さいわいに、父親を三歳で喪ったものの、封建色濃い田舎の中地主の家に生れて育った私は、家を守ることにキリキリ舞いをした母親からは、現代の教育ママ的お節介を一切受けないで、勝手に、文士になるべく育ったのである。（略）これで、わが最大の特質である「嘘つき」を、大衆小説のストーリイテーラーとして生かすことができた。（『地べたから物申す』）

わんぱく小僧を育てた母

作家　柴田錬三郎

「わんぱく小僧を育てた母」
「婦人生活」1月号　昭和36年1月号同志社

ところで、腕白小僧を「育てた母」への思いはどうであったろうか。

私は、実は、あまり、母親を尊敬しなかった。あまりに平凡すぎたからである。小さな村だから、常に、隣家の噂を気にしなければならず、そういう噂をたてられまいと、毎日、アレコレと気をつかい、ただ、祖先からきめられた行事を、過不足なくすませることに、終始したのである。（中略）中地主のがらんとした、古ぼけた屋敷に、帰郷すれば、必ず住んでいる存在——それだけの女性であった。（「わんぱく小僧を育てた母」）


と、少しも母という存在を認めることは出来なかったようだ。だが、錬三郎の母への思いは大きく変化してきた。

昭和二十七年（一九五二）、受賞式での「最大の孝養——直木賞受賞の言葉——」に母への思いが伝わってくる。

私は、昨秋、母を喪《うしな》った。若くして未亡人になった母は、

母　松重

三人の息子を養育し、教育を受けさせつつ家をまもることに三十余年間奮闘してきた。長兄、次兄が、この母の奮闘に酬《むく》いて謹直清廉な道をあゆんだのに反して、末弟の私の放埒《ほうらつ》は目にあまるものがあり、後半生の母の心痛の種であった。もとより、さしたる教養もない田舎者の母に、文学の何たるかを解すべくもなく、無一文の私がペンで食おうとすることに対して絶えざる危懼《きぐ》を抱いて見まもっていた。この母が多年の心痛憂慮をなぐさめ、その歓喜の笑顔を招くには、こたびの望外の栄誉こそ、私の生涯における最大の孝養になるものであったが、諺《ことわざ》はあやまたず、無念、半年おそかったのである。万斛《ばんこく》の涙をのむ。（略）（昭和二十七年「オール読物」）

と後悔の念とともに母への思いを語っている。

直木賞受賞は、遅かりしとは言え、腕白小僧の尻拭いにおわれた亡き母親に対する最大の孝養となったのである。

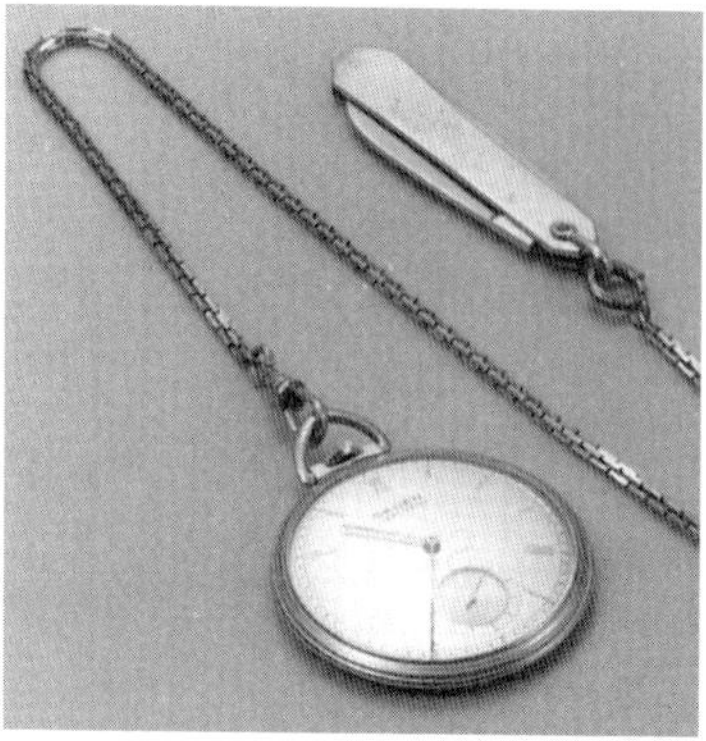

直木賞受賞記念の懐中時計

4 メルヘンの世界・鶴海

錬三郎は、故郷・鶴海をメルヘンのように綴っている。

（略）瞼をふさげば、海浜の風物が――あの岬につき出た松の枝ぶりが、今にもひしゃげそうな藁葺《わらぶ》きの家のたたずまいが、波止場のかたむいた果物倉庫のかたちが、氏神さまのある不恰好な小山の色あいが、湾に流れ入る小川にかけられた石橋の傾斜が、でこぼこの県道を走るボロクソのバスのすがたが――彷彿として、カメラ・アイのごとく眼底に映ずるのだ。

私は、大学の頃、帰省する時は必ず、片上港から、巡航船に乗らずに、三里の峠越えをしたものである。

私は、峠の上に辿《たど》りついて、わが村を見おろすことによって、なつかい故郷へ帰って来た思いをふかめたのである。

この峠は、村と村との境であると同時に、郡との境でもあった。右手の山をめぐってその山をくっきりと投影して美しく澄んだ内海が――彼方に潤んだように濃淡のうすれた遠島《とおじま》をひかえて、とある個所だけが、きらきらと白銀の小波《さざなみ》をのべひろげていた。急勾配の坂の下に田畠がすこしばかり浅い入江をとりかこんでいて、岬の緑色と白い汀が、ながくつづいていた。つくられたように美しい、百年変らぬのどかな眺めであった。私は、道祖神《さえのかみ》の祠《ほこら》の前の石に、腰を下ろして、わが村を、しばらく眺めるのを常とした。

濃い松林の谷間と裸山の中腹に沿うた山径《やまみち》の端に、ちいさな丘が青い麦に掩《おお》われて、なだらかにのびている。

――家々は、印象派の絵のようにちいさく美しい。

いくつにも区切られた田の面は微風に波立って、宛然《さながら》ビロードのようにフクッフクッと色を変えている。

こうしていると、私の都塵でよごれたたましいは、いつの間にかきれいにあらわれた。（後略）（「故郷のメルヘン」）

現在は湾岸沿いに道路がついているが、昔は片上から巡航船に乗るか、錬三郎のように浦伊部・久々井と峠を二つ超えて鶴海に入っていた。殊に二つ目の峠からの眺望が素晴らしく、片上湾が、鶴海の集落が眼下に収まる錬三郎お気に入りの風景がそこにある。岡山を捨てて上京したというが、故郷の鶴海には格別の愛着があったのだ。

故郷・鶴海

堂々川にかけられた石橋

5　故郷への思い

故郷は短篇小説にも描かれている。「白装」、「十六歳」などの短篇である。「白装」の冒頭は、

——山陽本線W駅から軽便鉄道で三十分、港とは名ばかりのK港へ至る。

で始まり、W駅は（和気）、K港は（片上）で舞台は鶴海と思われる。「十六歳」は、故郷の村の佇まいを背景に物語が展開する。

ペンネームも故郷にちなんだ名となる可能性があった。養子先の姓である「斎藤錬三郎」か、郷里の鶴海と佐山から一文字ずつ取って「鶴海佐太郎」とするか迷っていた。結果、雑誌「新小説」に「鶴海佐太郎」として書こうとすると、編集長が「柴田錬三郎」の方がいくらか上等と進言し、決まったという経緯がある。「サイレン」「ツルサ」となる処だったのである。

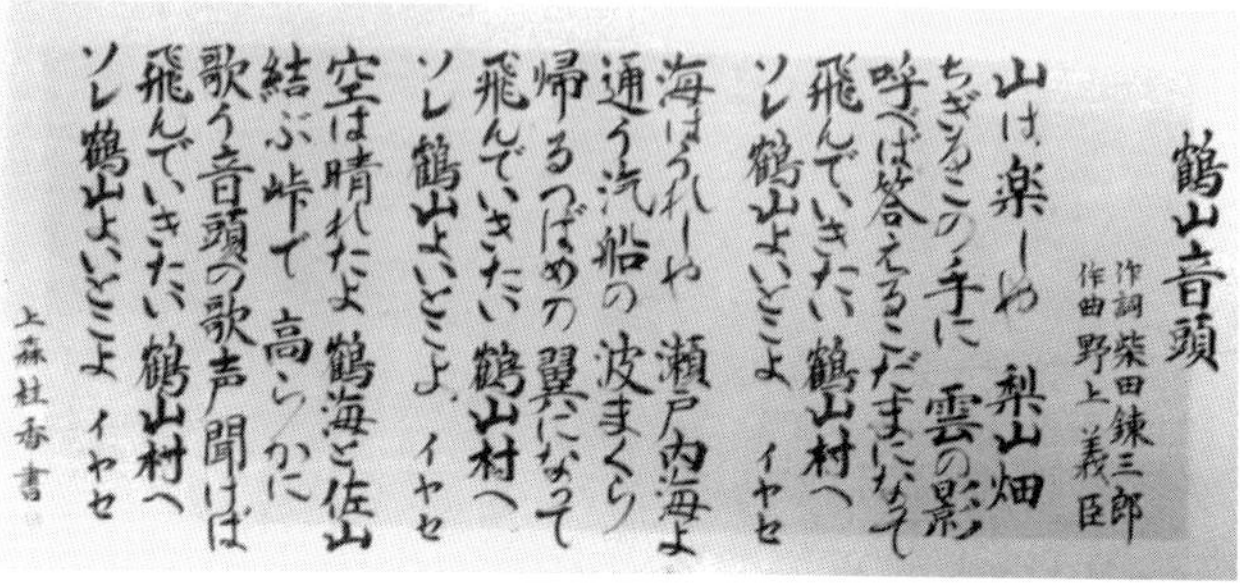

「鶴山音頭」額　　東鶴山小学校 蔵

故郷への思いは作詞した「鶴山音頭」（昭和二十八年）にもあらわれている。地元では現在でも〈飛んでいきたい鶴山村へソレ　鶴山よいとこよ　イヤセ〉とくり返し歌われ東鶴山小学校や地区の運動会などで歌い継がれている。また、母校の「鶴山小学校の幼き諸君へ」と題した手紙が残っており、額装して東鶴山小学校の校長室に掲げられている。

（略）私が諸君に希望したいのは、自分はいったい何が好きかということを早く見つけることですね。好きなことというのは、学校の勉強のことだけではありません。勉強は嫌いだけど、大工の仕事は好きだという人もいるでしょう。その人は、将来大工になればいいわけです。勉強がきらいなのに、大学へ行かなければ偉くなれないからがまんして大学へ行くという考えはまちがいです。機械をいじることの好きな人は、工場へ入って働けばいいし、人間のからだについて興味をもつ人は、やがて看護婦さんになって病院で働けばいい

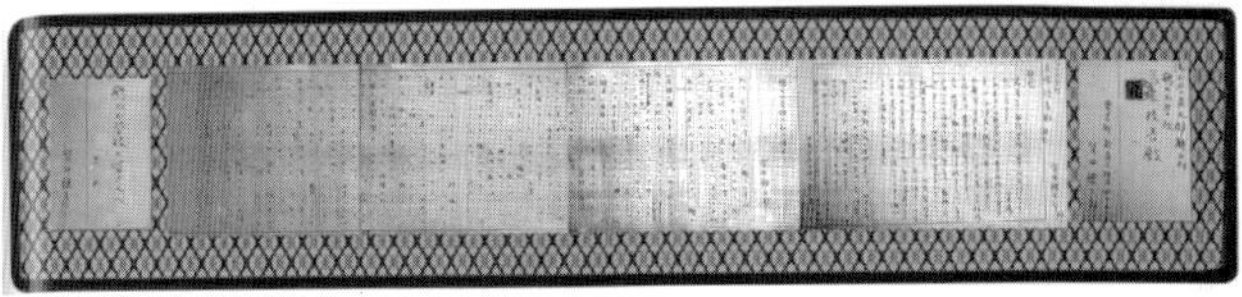

（鶴山小学校の幼き諸君へ）　東鶴山小学校 蔵
錬三郎が母校の後輩に宛てた手紙

し、世の中にはあらゆる職業がありますから、自分の好きなことをさせてくれる場所がきっとあります。自分の好きなことを将来職業に出来る人が、いちばん幸福なのです。中には、僕なんか好きなことはひとつもない、という人がいると思います。その人は、お父さんがもしお百姓さんならば、そのあとをついで野に出て働けばいいわけです。好きなこと、いったら喧嘩だと意地のわるいことをいう人もいるかもわかりません。喧嘩が好きなら、将来拳闘の選手におなりなさい。そして、日本一になってごらんなさい。立派なものじゃありませんか。自分の好きなことを悪い方につかわず、世の中に役立つ仕事にすれば、どんな職業でもかまいません。(略)

手紙は数冊の児童小説の著作本とともに送られている。昭和二十六年(一九五一)二月の消印であることから、恩師・佐藤春夫のお小言に発奮して芥川賞の候補になる「デス・マスク」の執筆に打ち込んでいた時期にあたる。

三　中学時代

昭和四年（一九二九）四月、岡山県第二岡山中学校に進んだ。当時、岡山市には、次兄のような首席を争う秀才の行く県立一中と、二中が並立していた。

錬三郎は

私は、文字通りの〝餓鬼大将〟で勉強など全くやらなかったので、教師の方でかってに、二中の方へ、入学志願書を提出してしまったのである。私は、はいってみて、しまった、と思った。万事につけて二中の方が、厳格であり、窮屈であった。（『わが毒舌』）

岡山二中は、旧岡山市内の東端（現岡山東商業高校）にあり、錬三郎は旧市内西端（現岡山市北区南方）の親戚の家から通い、途中、旭川に架けられた京橋を渡ると、中島という遊郭があった。

通学に通った京橋

登校時、その遊郭の二階の物干し台に遊女たちの紅い腰巻やら、白い敷布やらが干してあるのを眺めて通った。剣豪作家の卵は、白昼の遊郭の何処かうら侘しい光景が妙に刺激的で、ぶらぶら歩く慣わしをもっていた。

読書欲は小学時代にまして盛んになる。岡山市の図書館へ通い古今東西の小説を読み漁っていた。中学一年の終わりには、モーパッサンの『女の一生』

岡山二中の制服に角帽をかぶった錬三郎

岡山二中のカバンと角帽

もスタンダールの『赤と黒』もトルストイの『アンナ・カレーニナ』も読み終えていた。聖書も文学として愛読していた。文語体の聖書が和洋漢の完璧な成果であることを早くから読みとっていたのだろう。

日本の作家では芥川龍之介が最も好きで、話の面白さ、落ちの巧みさ、都会的な感覚に傾倒していった。

芥川龍之介の「偸盗《ちゅうとう》」は、芥川作品では、上出来ではない。しかし、中学生の私に影響を与えた日本文学では、最も重い作品であった。私は、それまで、私小説を好んで読んでいた。「偸盗」を読んで、はじめて、ロマネスクというものを知らされた。私の生涯を決定づけた意味で、この作品を、私は、いまでも、時折り読んでいる。

（「私がもっとも影響を受けた小説」）

この頃、放課後、後楽園の池のほとりに佇んで佐藤春夫の「秋刀魚《さんま》の歌」に感傷の涙を流したこともあったようだ。

後楽園（沢の池）

秋刀魚の歌

あはれ
秋風よ
情《こころ》あれば伝へてよ
――男ありて
今日の夕餉《ゆふげ》に　ひとり
さんまを食《くら》ひて
思ひにふける　と。

（略）

さんま、さんま
さんま苦いか塩つぱいか。
そが上に熱き涙をしたたらせて
さんまを食《く》ふはいづこの里のならひぞや。
あはれ
げにそは問はまほしくをかし。（佐藤春夫詩集『我が一九二二年』所収）

「ほんとにそれは聞いてほしいほど滑稽」であると哀しい恋愛の喪失を歌っている。また、秋刀魚を文学上、不朽のものとした歌でもある。

青白い文学青年錬三郎に反し、当時岡山一中在学中の豪傑肌の次兄は手を焼き、しばしば叱り飛ばしていたが、なんの反応もみせなかった。

錬三郎は中学二年、十四歳の時、はじめて小説らしきものを書いた。「不運と幸運」と題したこの創作は、昭和六年（一九三一）十二月、二中の「校友」第八号に載った。

また、「校友」第十号に寄せた「死と笑ひ」と題した詩は印象的なものである。

死と笑ひ

俺は今限りなく淋しい
俺は今日か明日死ぬだらう
だが俺は靜かに待つてゐる
仕方がないからだ

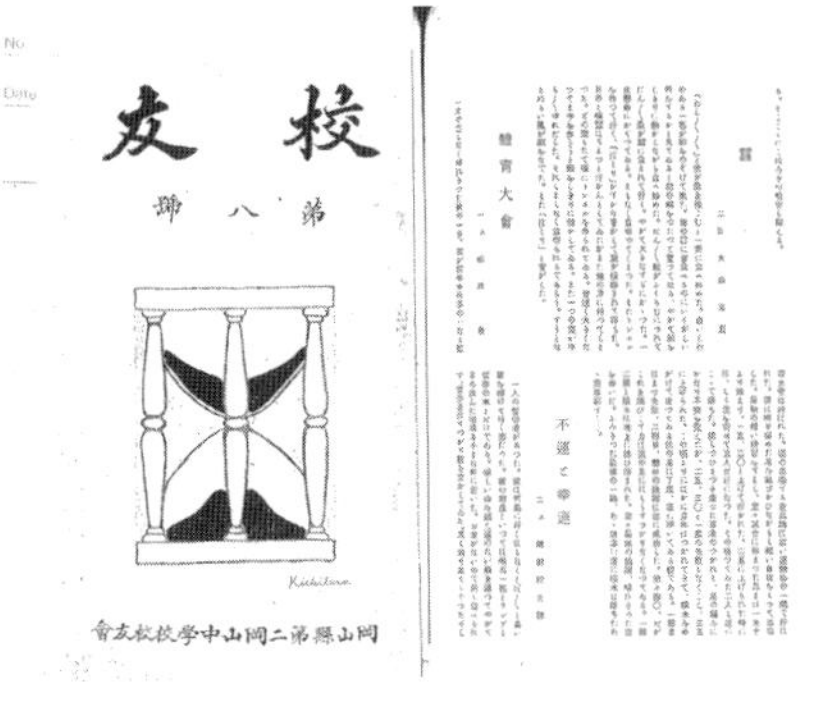

二中校友誌「校友」第八号 昭和6年12月

俺は母を悲しませたくない、齢とつた母を
だからといってどうすればいい、のだ

君よ、人生と云ふものは、何んだと思ふね
随分厄介なものでもあり
なんでもないものであり
苦しいものでもあり
亦たのしいものである、のだね

笑ひ
生と死とを超越した笑ひ
そんな笑ひがあるだらうか
あるね、何処かに

学校生活では、反骨精神を現わしている。

私は、映画はあまり好きではなかったが、これを禁止されると、反抗的に、週に一度は入ることにした。そして、当然、しばしばつかまった。二度までは、説諭で許されたが、三度目には、一週間の停学、四度目は無期停学をくらった。(『わが青春無頼帖』)

停学など別に恐れていない。もっとも、無期停学でも一カ月で解けるので、いそいそと帰郷し、毎日、読書や小舟を出して、釣りをして暢気《のんき》にくらした。家には祖母と母親がいたが、校医から腹膜炎だから一か月ばかり静養して来るようにと命じられたと誤魔化していた。騙すことぐらいは朝飯前なのである。一カ月経つと、何食わぬ顔で、岡山市の下宿へ戻るのである。

錬三郎は中学生活がまったく厭になっていた。高等学校か私立大学予科への入学資格ができる四年生を修了したら中退する腹を決めていた。そして岡山から離れるつもりでいた。

当時、岡山の県立私立の中学校の理想は、市の東南にある第六高等学校へ入学することであった。(中略)そこで、運よく、入学できると、文字通り、肩で風をきって、市中を横行闊歩した。白線の入った帽子をわざと破り、腰に手拭をぶら下げ、朴歯《ほうば》を高鳴らし、マントをひるがえすスタイルが、少年の理想像だったのである。

そして、まことに滑稽なことに、六高生になるや、たちまち、大阪弁をつかいはじめるのであった。というのは、大阪方面から入って来る者が、ほぼ半数を占めていたので、それに影響され、六高生は大阪弁を使うならわしが、いつの間にか、できていたものであろう。（中略）国立大学へ進むべきエリートが、なぜ、大阪弁を、得意気に使わねばならんのか。それが、私には、気に食わなかった。そういう下等なならわしをもっている六高へ、入らせることを、生徒たちの理想として、すこしも疑わない岡山県の、どいつもこいつも——校長も、私には気に食わなかった。（『わが青春無頼帖』）

岡山脱出の大きな理由に、六高への反発があった。当時の中学生が理想と仰ぐ六高生の蛮カラな風体もさることながら、大阪弁を使う六高の滑稽な習慣に我慢がならなかったのである。

錬三郎は、決めていた通り二中を四年生で中退した。

北区南方、下宿付近

四　大学時代

錬三郎は、昭和八年（一九三三）三月、中学四年修了の証明書を受け取った二日後には、東京行きの急行列車に、乗り込んでいた。

ところが、途中、静岡に下車してしまう。そのまま静岡高等学校（後に岡山市生まれの吉行淳之介の母校にもなる）を受験して合格する。だが、入学して半年目に急性肺炎を患い、鶴海に帰って静養しているうちに、復学することが面倒になりそのまま退学してしまう。

翌昭和九年（一九三四）、あらためて上京した。病院長している叔父の家に落ち着き四月、慶應義塾大学医学部予科に入学する。十七歳になっていた。入学して半年、錬三郎はだんだん医学部予科に入ったことを悔みはじめていた。やっぱり文学をやりたかった。

当時、文学部を出ても「せいぜいアカになるか、さもなければナマケモノになるか、どちらかだ」と言われ、メシが食えるか不安もあったが、取り敢えず文学部予科への希望は叶った。

三年間の予科時代は、とりたてて記すほどのこともない。乱読の記憶だけがある。(中略)もう小説には、飽いていた。私は、小説を読まなくなった代わりに、ファーブルの『昆虫記』だとか、『国訳漢文大成』だとか、風土記のたぐいを乱読しはじめた。しかし、それが、なにかの役に立つとは思えなかった。ひまだったのである。(『わが青春無頼帖』)

錬三郎の文学の可能性をさぐる充電期間であったのであろう。大学本科に上がると支那文学(中国文学科)を選び、魯迅に熱中しはじめる。この頃、錬三郎は「神経質らしい、蒼白い顔の、無口な痩せた、快活でない学生」で、「三田文學」の編集室に出入りしていた。

昭和十三年(一九三八)、錬三郎の処女作「十圓紙幣」が「三田文學」に掲載された。

三十枚ばかりの短篇で、肺病になった学生が虚無的になり(虚無的!当時の阿呆な文学青年にとってなんと魅力的なことばであろう)故郷へ帰り、一日、低能の小学生に、十円札をくれてやって、その小学生がした野糞をなめさせる。その夜、小学生の母親が、十円札を息子が盗んだものと思って、学生の家へかえしに来る。小学生の方は貰ったんだ、と泣きわめく。すると学生は、突如、やらんぞ、と怒鳴って、喀血して果てる。……というストーリイであった。(「小説履歴」)

大学時代のノート

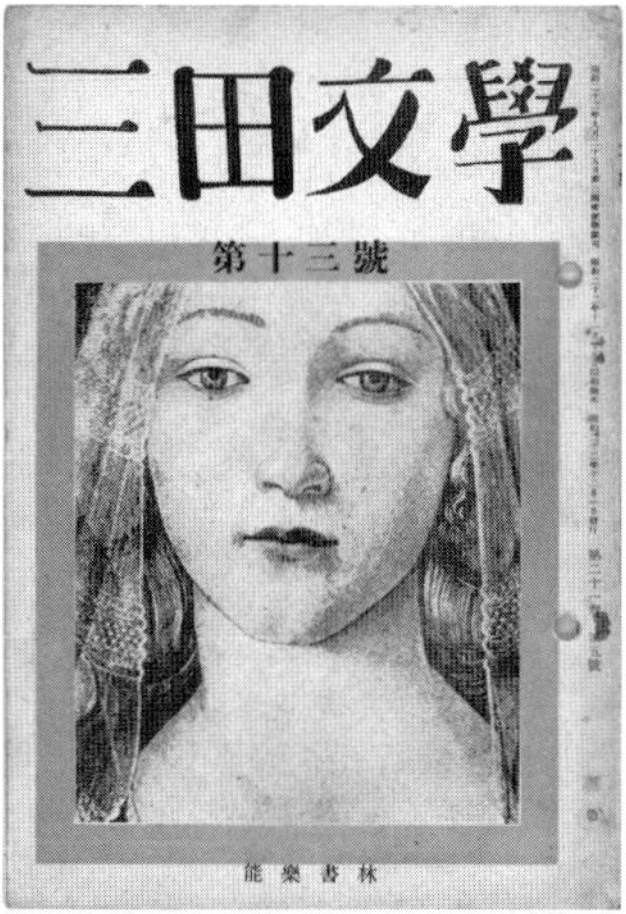

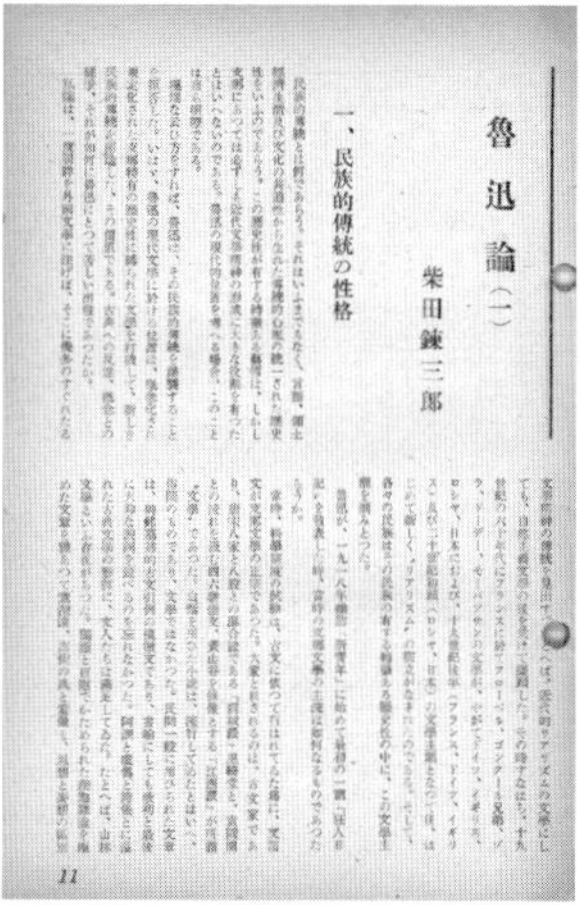

魯迅論（一）

柴田錬三郎

一、民族的傳統の性格

魯迅論「三田文學」第十三號　昭和22年12月1日

自分の作品が活字になった喜びで、数日は、宙に足が浮いたような気分であった。「十圓紙幣」の掲載された号を、発送するのは、まことに愉しかったと述懐している。

錬三郎は、昭和十五年（一九四〇）三月、慶応義塾大学文学部支那文学科を卒業した。卒業論文は「魯迅論」、のちに「三田文學」に連載された。

中国文学への学識が高かった錬三郎が、郷土岡山の漢詩人・阿藤伯海を絶賛しているのでその一文を紹介したい。

現在の中国文学専攻の学者の裡で、観るべき漢詩の作れる人は、ほとんどいないらしい。私の知る限り、現代に生きた人で、感嘆にあたいする漢詩をつくった碩学は、一人しかいない。阿藤伯海という人である。（昭和四十一年に物故された）阿藤伯海は、生涯妻を娶らず、昭和十九年暮、兵火を避けて、東京から郷里備中六条院村（現・浅口市）に帰り、孤棲した。

敗戦となり、マッカーサーが乗り込んで来るや、その占領政策による農地改革が行われる前に、この碩学は、某日、小作人一同を家に招いて、酒肴をふるまい、自分の土地を、全部無償で分ち与えたのであった。小作人たちは、詩人が常軌を逸したと噂したそうである。

阿藤伯海は、晩年、親しい門下の一人に、次のような七絶を贈っている。

笑我衰遅漫売山　新修茅舎望松関
少年無訝愚渓宅　幾巻残書散壁間
（笑フ我衰遅漫リニ山ヲ売ルヲ。新修ノ茅舎松関ヲ望ム。
少年訝ル無シ愚渓ノ宅。幾巻ノ残書壁間ニ散ズ）

同じ日本人でも、こういう高潔な詩人が、つい先頃までは、いたのである。おそらく、阿藤伯海の漢詩を携えて、中国に渡り、識者に示したならば、唐宋詩人に比すとも劣らず、と感嘆されるに相違ない。

（『地べたから物申す』）

阿藤伯海の漢詩は、『決闘者宮本武蔵少年篇青年篇』に吉岡道場の清十郎自作の漢詩として沢庵に披露する場面に登場している。

『決闘者宮本武蔵少年篇青年篇』
昭和48年7月講談社

吉岡清十郎は、久しぶりで、沢

庵を昌山庵にたずねるべく、巨椋《おぐら》池の畔を歩いていた。越後上布の帷子《かたびら》をまとうていたが、松葉を散らした染めは、清十郎自身の工夫で、よく似合っていた。清十郎が、沢庵に逢おうとする目的は、ふたつあった。ひとつは、懐中にある近作の詩を、披露することであった。気に入ったのを、二篇ばかり、したためて来た。いずれも、完成するまでに、十日以上も費やしている。

春愁
楊柳池塘燕子斜飛来飛去向誰家
春風不管女児歎吹入短牆多落花

春愁《しゅんしゅう》
楊柳《やうりう》の池塘《ちたう》　燕子《えんし》斜《ななめ》に
飛《と》び来《きた》り飛《と》び去《さ》って　誰《た》が家《いへ》にか向《むか》はん
春風《しゅんぷう》にも管《かかは》らず　女児《ぢょじ》歎《たん》ず
吹《ふ》いて短牆《たんしゃう》に入《い》って　落花《らっくわ》多《おほ》ければなり

郭公
五月孤邨聞郭公前山躑躅尚残紅
傷心一片軽陰外声入瀟瀟微雨中
郭公《くわっこう》
五月孤村《こそん》に郭公《くわっこう》を聞《き》く
前山《ぜんざん》の躑躅《てきちょく》尚《な》ほ残紅《ざんこう》
傷心一片軽陰《しやうしんいっぺんけいいん》の外《そと》
声《こゑ》は入《い》る瀟々《せうせう》として微雨《びう》の中《うち》

清十郎にとって、沢庵の批評をきくことができるのが、詩作のはげみになっている。（略）

……

いま、懐中にしている二篇は、自分でもかなりの詞藻を駆使した自負がある。
沢庵が、なんと批評してくれるか、愉しみである。
そして、その批評を受けたあと、清十郎は、もうひとつの相談をする肚《はら》であった。
剣をすてる。
そのことであった。

（『決闘者宮本武蔵少年篇・青年篇』）

『決闘者宮本武蔵』　平成12年8月　集英社

五　初の長編小説執筆

　錬三郎が大学を卒業した頃、世の中には戦雲がたれこめていた。日独伊三国同盟が締結された昭和十五年（一九四〇）である。延期になっていた徴兵検査を受け、結果は第三乙種で、五十キロに満たない痩身は、兵士として不適とされた。

　また、錬三郎は大学最後の年に結婚していたのだ。そして子供も生まれようとしていた。お相手は斎藤エイ子、同時に斎藤家を継いでいた。斎藤家は由緒ある旧家で、幕末の悲運の志士・清河八郎はこの家の出であった。妻の実兄は、漢籍にも造詣が深い仏文学学者の斎藤磯雄である。

「三田文學」に小説を書いていた文学青年が、すぐさま小説家になれるほど、世間は甘くない。働かねばならなくなった錬三郎は、最も典型的なサラリーマンになってやろうと決意した。青年が召集され働き手不足の中、内国貯金銀行（現・りそな銀行）にどうにか採用となった。

　あの方は、同僚の誰とも親しくおなりにはなりませんでした。殆ど笑顔もなく、デスクにむかって黙々と腰をかけたきり、といって仕事を熱心におやりになるというわけでもなく、時間が来れば、すっと立って帰ってしまう、外眼にもつまらないその日その日のおつとめでした。（「夜の手紙」）

と女性の告白の形でサラリーマンぶりを披露している。算盤を人差し指で、ポツリポツリ、と上げたり下げたりする程度の仕事である。三ヵ月で辞めてしまう。次に勤めたのは、「泰東書道院」という書道団体が出している月刊誌「書道」の編集部であった。編集部員は、錬三郎一人。月給は七十五円、編集手当が十円で何とか生活できた。書道団体としては、日本で最も大きく、自然、その機関誌である「書道」には作品応募者も多い。仕事は、あら選りした各作品を理事に選んでもらい「書道」に掲載することだった。

この時期、錬三郎は編集と執筆の両立をめざして初の長編小説に取組んでいた。斎藤家から史料を借りて妻の家系に繋がる尊王攘夷の志士清河八郎を小説の題材にしたのである。一年がかりで、「文久」という時代の変革期に決起し、三十四歳にして斬死した青年志士の生きざまを人間の愛憎と共に執筆したのである。昭和十七年二月、すでに太平洋戦争が勃発していた中『文久志士遺聞』として出版を果たした。箱入りの豪華な本であった。「十圓紙幣」を「三田文學」に掲載してくれた和木清三郎が、跋文を書いている。

文学を志すことそれ自身既に荊《いばら》の道である。よくよくの努力と忍苦が必要なのである。まして、祖国が、対米英決戦に決起した今日、愈々《いよいよ》作家生活の前途は多難を覚悟しなければならぬ。この祖国危急存亡の秋《とき》、この長篇を世に送って、敢えて厳しい文学の世界に飛び込もうとする柴田君の文学精神は愈々逞《たくま》しく、熾烈にして不屈の決意に燃えている事だろう。僕も亦《また》、同君のこの壮途に心から拍手を送り彼が人生の雨風を乗切って目的の彼岸に泳ぎ着く日を心から祈ってやまないものである。

と、温かい言葉を贈っている。

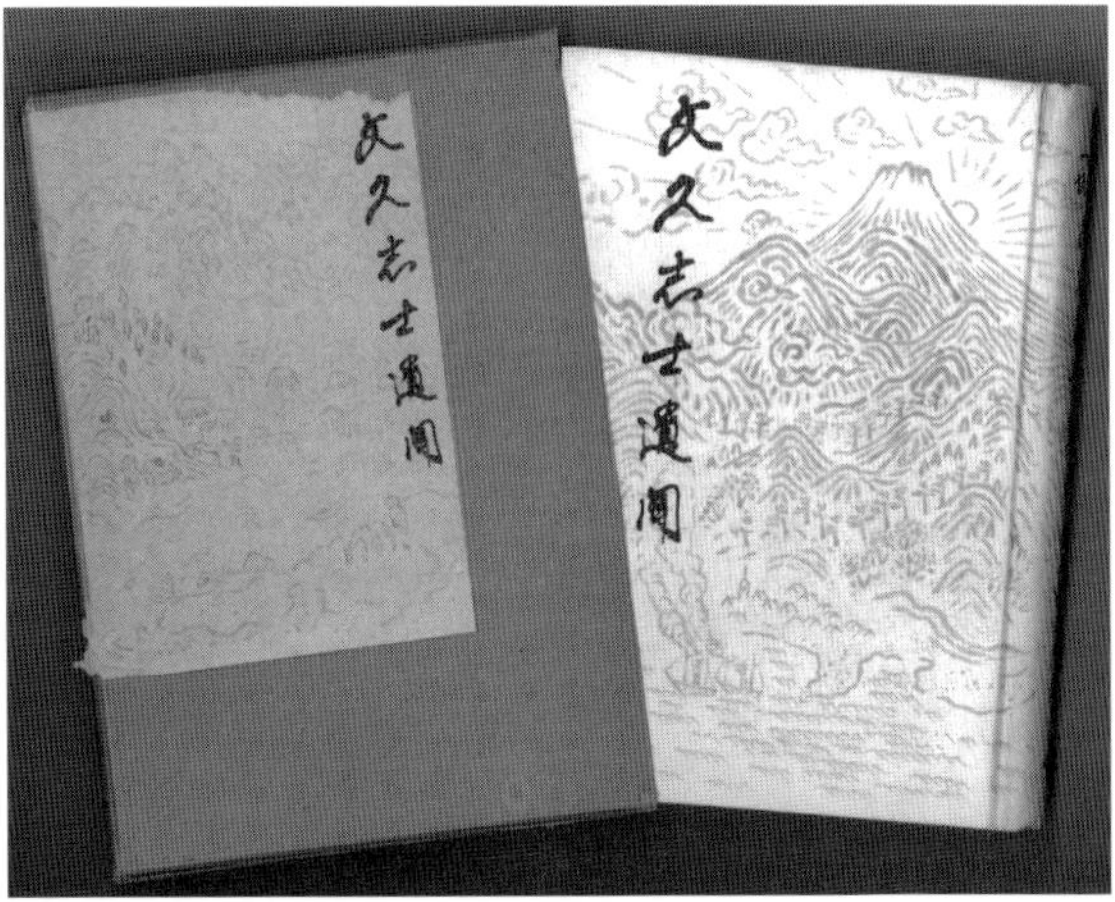

『文久志士遺聞』昭和17年2月泰東書道院出版部

また、石坂洋次郎の賛辞は本の帯にある

この長篇小説の魅力は、宿命と性格の桎梏《しっこく》が生むさまざまの事件の展開である。武士と町人、父と子、夫と妻、志士と捕吏、藩士と浪士、それらの宿命に愛憎の争闘をつづけ乍らあの文久の怒涛時代を生きていく人々の姿が心憎いまでに描きわけられている。

出版すること自体難しくなっている時代に『文久志士遺聞』は、多くの人達の励ましと種々の援助によって世に出たのである。

間もなく錬三郎は、「日本出版文化協会」という出版統制団体の編集部員になる。編集長からして内閣情報局の御用雑誌など出す気がなく、錬三郎も編集する気も起らず、無為な日々を送らざるを得なかった。出版課の課長は、後に歴史小説や剣豪もので知られる直木賞作家（昭和三十一年）の南條範夫であった。

六　錬三郎入隊

入隊を免れていた錬三郎も、昭和十七年十二月、召集を受けた。ウイスキーを手に陸軍中尉で、士官学校の教官をしていた次兄が祝いに訪れ、「召集がきてめでたい、国家のために尽くすのが本懐だろう。」という。

2つ違いの次兄と

錬三郎は憤りをぶつけた。

ひとつだけ、問うてやる。軍人は、君のえらんだ道だ。文学は、おれのえらんだ道だ。自分のえらんだ道をすてろ、と命じられて、誰がこころよく応じるか。君は、いま、軍人をやめて文学者になれ、と言われて、愉しいか。そして、それを、文学者から、めでたい、とソラゾラしい言葉をかけられても、腹が立たないか（『わが青春無頼帖』）

「アメリカに勝てるわけがないじゃねえか――。」

当時の文学青年の口ぐせだった。だからと言って、国家権力に抵抗するこ

軍隊時代の水筒と飯盒

とは出来ない。

錬三郎は、翌朝、相模原の連隊に入営した。

軍隊は、初年兵にとって、監獄であった。

錬三郎は、老けた容貌と無愛想さが災いして、他の初年兵より殴られる回数が多かった。ことに死の確率の高い将校昇進を忌避して幹部候補生試験を拒否した代償として

「右目が一月ばかり視力をうしない、前歯が三本折れ、半年間、びっこを引いた」

というひどいリンチを受けた。

次に配属された横須賀病院の内務班でも、地獄の苦痛を味わう。

当時の手帳がのこっているので、そのメモを見ると、転属してから入院するまでの二十日間、私は、七十四回殴打されている。のみならず、一回というのは一撃のことではない。また、平手あるいは拳骨で、という次第ではない。

屈辱戦記

柴田錬三郎

「屈辱戦記」
「別冊文藝春秋」昭和32年8月

竹刀、護謨《ごむ》の上靴の裏、銃剣の帯革でやられている。（「屈辱戦記」）
堪えられなかったのは、殴られる痛さよりも理由の愚劣さであり、絶対服従の屈辱にあった。錬三郎は自分をゆがめてまで軍隊に埋没したくはなかったのである。

私が、兵隊にされるにあたって、自分に誓ったのは、「卑屈にならぬ」そのことだった。

へつらったり、媚びたり、小ずるく陰に立ちまわったり——そういうことはすまい、と自戒した。それが、私にできる唯一のレジスタンスであった。（『わが青春無頼帖』）

錬三郎は我慢の限界を超えていた。中学生の頃読んだ吉川英治の短編「醤油仏」を思い出した。それをヒントに、決死の覚悟で二合あまりの醤油を飲み干し、百メートルほど疾走する行動に出た。すると、両手の指先がしびれて硬直し、ひどく曲ったま

陸軍病院入院中の錬三郎（中央）
リンチが横行する軍隊から逃げ出そうと醤油を飲んだ末の入院だった。

ま冷たくなってきて、顔面は死人のごとく蒼白になりぶっ倒れ入院となった。診察しても原因は不明。結果、「発作性心動異常疾速症」という奇妙な病名で召集解除となった。こうした行動もあってか「大日本帝国陸軍の兵隊として最も卑劣な奴だった」と自ら語っている。

昭和十八年（一九四三）夏、錬三郎は俗社会に戻ってきた。勤めていた日本出版文化協会は、「日本出版会」と名称を替え、用紙統制機関になり、編集室はつぶれていた。錬三郎は、やむなく「日本読書新聞」の編集室に入ったが、用紙の統制によって、仕事らしい仕事もなかった。編集部には平成二十八年（二〇一六）NHK連続テレビ小説「とと姉ちゃん」の主人公・常子のモデル、大橋鎮子さんがいた。

ごく目立たない存在であったが、物資が極度に不足するにつれて、彼女の実力が、次第に発揮されて来た。すなわち、どこからか、ひとかかえもある量の牛肉を仕入れて来て、一同に分配したり、誰かが親が急病で遠い故郷へ帰らなければならなくなると、さっさと、汽車の切符を入手して来たりしたのである。大橋鎮子さんには、そういうふしぎな才腕があった。（『わが青春無頼帖』）

陸軍病院入院中の錬三郎（左）

七　生死の狭間、漂流体験

昭和十九年（一九四四）八月、錬三郎は二度目の召集を受け、ひとり列車に乗った。

入隊場所は、広島宇品の暁部隊で、軍隊の無法者が大半を占めていた。降格者や陸軍刑務所出所者、錬三郎のような昇進拒否者等を集めたならず者部隊である。錬三郎は、背嚢《はいのう》の中に「リラダンの短篇集」と「杜甫の詩集」の二冊入れ持込んだ。

暁部隊―これは、陸軍のくせに、海上部隊であった。すなわち、南方各地へ、戦闘部隊ならびに武器、糧食を運ぶ輸送船の甲板に、一個小隊が高射砲または機関砲を据えつけて、敵の空襲にそなえる連隊であった。

（『地べたから物申す』）

南方の海は完全にアメリカに制海権をにぎられ、潜水艦の魚雷攻撃で、輸送船はつぎつぎ沈没していた。輸送船の守備部隊は、消耗品で「今度こそ絶対にたすからぬ。」と覚悟を決めていた。やがて番が、まわって来た。入隊して九ヶ月目、錬三郎の乗った輸送船は、たった一隻の駆逐艦に護衛されて台湾島とルソン島（フィリピン）の間に横たわるバシー海峡を航行中、撃沈された。
　船底にいた南方上陸部隊千六百数十人のうち、九割九分は、船と共に、海底に沈んだ。バシー海峡の潮流は、おそろしく早い。一時間も経たないうちに、浮上したさまざまの物品は、何処かに消えてしまった。（略）
また――。筋骨逞しい健康そのものの肉体労働者上がりの者が、父母や妻子や故郷の家のたたずまいなどを、思い浮べて、ぼろぼろ泪を流しはじめると、もはや、

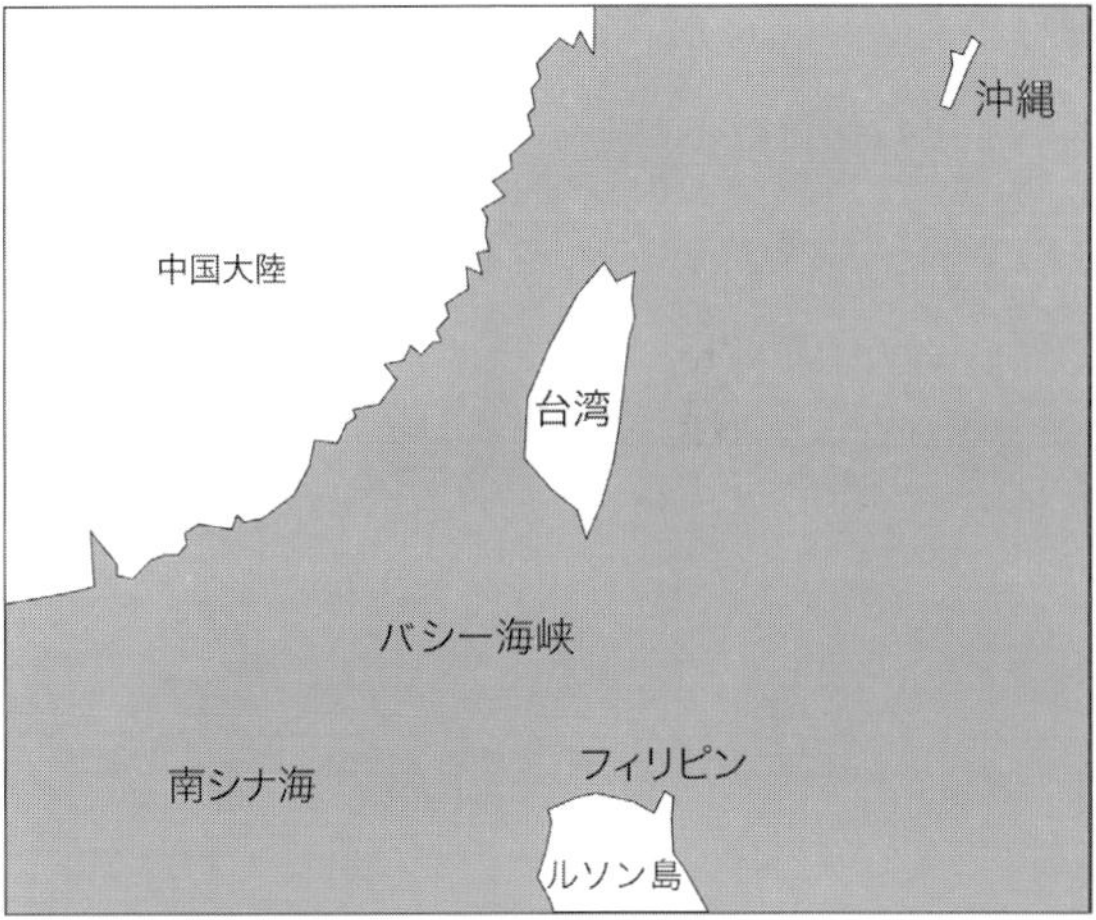

バシー海峡や周辺海域は、大戦中に多数の日本軍輸送船が米潜水艦などに撃沈され「輸送船の墓場」と呼ばれた。少なくとも10万人近くが死亡したといわれている。

かれは生命を放棄したことを示しているのを、私は、見とどけた。なぜであったか知らぬ。私は、終始、茫乎として、何も考えず、どんなことも想わず、ただ、小山のような大波に乗せられたり、落されたりするままにまかせていた。私の思考の中で、この数時間が、全く空白なのである。この空白を、言葉で埋めることは、不可能といっていい。文章を売って生活しているくせに、表現できないのは、まことになさけない次第だが、描写すべき心理の推移が、皆無なのである。絶望、悲壮、憤怒、悲哀、自棄——どの感情も、大海原のまっただ中に在り乍ら、私の裡に起った記憶がない。

つまり、たった一言の表現で足りるのである。

「ただ、茫然と海上に浮いていた」

これだけなのだ。（『地べたから物申す』）

無心状態で海に浮かんでいた錬三郎は、奇跡的に駆逐艦にすくいあげられ、内地へ還され、下関と福山の陸軍病院で、半年を過ごした。

福山市が空襲されたのは、広島に新型爆弾が投下された二日後の八月八日の真夜中であった。福山城は燃えあがり暗闇の中にくっきり浮きあがってい た。岡山市もすでに空襲（六月二十九日）を受け焼け野原であると、錬三郎は聞いていた。福山陸軍病院には、顔、胸、肩、腕、脚、いたるところ包帯を巻きつけた瀕死の重病人ばかりが寝ている。鍊三郎は、彼らが広島から送られてきた兵士であることを直感した。間もなく、福山市郊外の陸軍練兵場で終戦を迎えた。「私ははればれとした解放感で、練兵場の頂上へ立って、深呼吸をした。戦争がおわった。おれは、兵隊から解放される。」鍊三郎は取り敢えず岡山に向かった。

岡山市中心部は、聞いていた通り見渡すかぎりの焼け野原だった。自転車で二十数キロ離れた鶴海へ帰ったが、十日ばかり生家で過ごしただけで上京した。

空襲後の岡山市街地　個人所蔵　坂本一夫撮影

八　東京で再奮闘

昭和二十年（一九四五）九月、約一年ぶりに東京に舞い戻ってきた。殺人的な満員列車の中で唯一の財産の砂糖二貫目が入った背嚢《はいのう》を盗まれ、文字通り、裸一貫になっていた。

中野の家は、強制的に引き倒されていて、近くの叔父の家は焼け、どこかに疎開して行方知れずになっていた。

錬三郎は行き場所がなかった。

取り敢えず、再召集されるまで勤めていた日本出版会の建物である御茶ノ水アパートへ行ってみた。幸運にも、アパートの前で、同じく復員して来た「日本読書新聞」の編集長と再会したのである。編集長に「読書新聞を復刊しようじゃないか」と誘われて、心を弾ませた。

性欲よりも食欲であった。恋愛よりも仕事であった。（「戦後十年」）

読書新聞の復刊に情熱を注いだ。元軍人の次兄が言ったた

「これからは、君の文才がものをいう時代なる」

時がやって来たのだ。編集部には、大橋鎮子さんも戻っていて川端康成に随筆の依頼をするなど大いに活躍した。朝ドラ「とと姉ちゃん」の同僚（編集長）のモデルが錬三郎なのである。

戦後数年を経ずして、大橋鎮子が、無一文にも拘らず、花森安治という名プランナーを得て、「暮しの手帖」という独特の雑誌をはじめたのも、彼女を知るわれわれにとっては、べつにふしぎではなかったのである。

（『わが青春無頼帖』）

錬三郎は、大橋さんのことを「オールマイティの女性だった」と語り、「暮しの手帖」に度々執筆している。

リーダース・ダイジェストの発売日には、長蛇の行列ができる時代であった。国民は活字に飢えていたのだ。日本読書新聞も錬三郎の奮闘もあり、あっという間に十万の部数になった。この頃、日本出版協会の同僚には女優の吉永小百合さんの父君がいて、錬三郎を「ジャーナリストとして抜群の才能があった」と評している。

まもなく「日本読書新聞」が、「書評」という書評専門の月刊誌を創刊し、編集長を務めたが、半年経たぬうちに潰れてしまう。書評誌は、まだ時期尚早で且つ高尚すぎたのである。錬三郎は、再び、「日本読書新聞」編集室にもどる気にはならず、昭和二十四年に展望もないままに、日本出版協会を辞め文筆生活に入った。中断していた芥川賞、直木賞が復活した年である。

もとより、私は、純文学の傑作をものにして、文壇へ登場してみせる、などという気概を燃やしていた次第ではない。風の吹くままに生きているような男であった。（「戦後十年」）

錬三郎は、人に頭を下げるのが嫌いで、出版社に原稿を持ち込むのが死ぬほど苦痛でどこの出版社にも、原稿を持ち込まないでいた。幸いにも児童出版専門の出版社が、月一冊ずつ、世界名作物語を書き下ろして欲しいと依頼が来て、どうにか食べていくことは出来た。

この頃の錬三郎の様子を遠藤周作が

『ジャンヌ・ダーク』
昭和25年7月 偕成社

『少年海賊王』
昭和22年12月 新浪漫社

「文學界」に書いている。

柴田さん――と言うよりは錬さんと言うのが私たち後輩の呼び名だったが――錬さんは、子供向きの名作物語をはじめ、私の知らないような雑誌の注文もほとんど引き受けていた。だから夏など新宿柏木の茂った畠の真中に建てられた家に遊びに行くと、浴衣の腕まくりをして仕事をしていた。ピースの缶を前に置き、やたらと煙草をふかしながら、あの面白くなさそうな表情で原稿用紙に向かっていたその姿が今も忘れられない。

　いつも面白くなさそうな顔をするのは錬さんの特徴だったが、その頃は彼としては鬱々たる気持だったにちがいない。自らの才能がどういう形式に向くのか、どういう小説に発露されるのか暗中模索の頃で、(略)当時の彼が自らのために書いた作品は純文学だけだったのである。(「直木賞受賞前の錬さん」)

たまに純文学らしい小説を発表すると、志賀直哉や広津和郎らから、むちゃくちゃに批評された。アルバイトでカストリ雑誌(大衆向け娯楽雑誌)に、風俗小説をなぐり書きすると、「文藝春秋」誌上で、徳川夢声にエロ文学だと叱られた。師の佐藤春夫からも、同様にカストリ雑誌の読み物や少年少女向け読み物の濫作を叱られていた。全く、錬三郎は立つ瀬がなかったのである。

こうした不本意な暮らしていた昭和二十五年（一九五〇）の暮れも押しつまっていた頃、錬三郎は佐藤春夫先生から、突然、

ぜひとも相談したいことがあるゆえ、この葉書が到着次第、ご来駕ありたい（「戦後十年」）

との速達をもらった。

翌日、訪問するとまず先生が愛していたH子についての話があり、その後、改めて出直す気で力作を書くように勧められた。「君、百枚ぐらいの力作を書いてみないか。」、「私が推薦者になろう。才能のある新作家を、世に送り

恩師 佐藤春夫と

出すことが、好きなのだ」と、太宰治、井上靖を文壇に送った先生の言葉に、錬三郎の心身は感激で震えた。

一月後、私は、脱稿した九八枚の「デスマスク」という作品を、先生の許へ持参した。先生は、その場で、読まれてから、書き直しを命じられた。才気を得意気にみせる表現が多すぎるゆえ、それをぜんぶ消した方がいい、という忠告であった。「デスマスク」は、装いを改めた「三田文学」の復刊第一号に、掲載された。安岡章太郎の『ガラスの靴』と一緒であった。これは、芥川賞の候補になった。（『わが青春無頼帖』）

芥川賞には敢えなくも落ちてしまったが、その選後評に、先生は「私は、いまでも柴田の「デスマスク」を推す気持を変えてはいない」と書き、錬三郎にとって生涯の感動であった。

前作は賞を逃したけれども、佐藤春夫・「三田文学」木々高太郎の激励

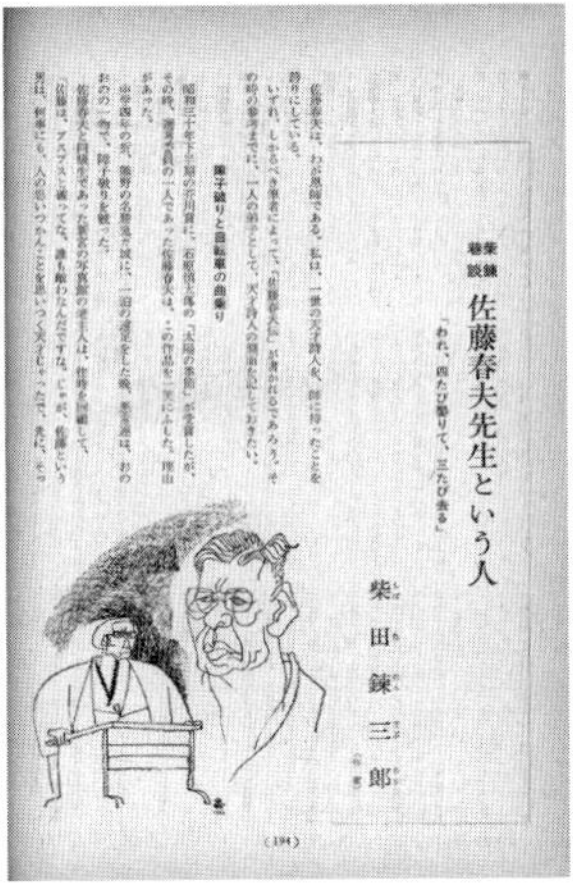

「佐藤春夫先生という人」
「文藝春秋」昭和41年3月

がふたたび錬三郎を奮起させた。次に書いた「イエスの裔」は、原稿用紙百二十枚で終え、芥川賞と直木賞の両方の候補になった。独立して三年目、三五歳、「三田文学」に掲載された「イエスの裔」は直木賞に選ばれた。柴田錬三郎は、文壇に登場したのである。

以後、受賞第一作に「真説河内山宗俊」(「オール読物」)を書いたのを転機として時代小説が多くなって行く。

直木賞受賞後歳月が流れ感慨を述べている。

『イエスの裔』昭和27年4月文藝春秋新社

あれから、十数年の歳月が、いつの間にか流れすぎた。恩師はすでに亡く、H子の消息も、私の耳には聞こえて来ない。

あわれ
秋風よ
情《こころ》あらば伝えてよ
――男ありて
今宵、書斎に、ひとり
むかしを顧て
思いにふける、と
(『わが青春無頼帖』)

『わが青春無頼帖』昭和42年3月 新潮社

柴田錬三郎の世界
―柴田錬三郎の文学―

集英社 提供

綾目広治

はじめに

柴田錬三郎は、今日の平均寿命からすれば、早世であったといえる。しかし、その決して長くはなかった生涯において、実に膨大な著作を残している。おそらく、柴田錬三郎が書き残した文章のすべてを読んだ人はいないであろう。人気のあった『眠狂四郎』シリーズだけを取ってみても、そのすべてを読了した人は、どれだけいるだろうか。

本稿では、その膨大な著作の中の代表作と判断される小説についてのみ見ていくが、それでも限られたスペースではわずかしか扱うことができないことを、あらかじめ断っておきたい。また、前半の叙述とは異なって、柴田錬三郎のいわゆる実人生については言及することはせず、小説の分析を中心にして、彼の文学の特質について考えていきたい。論じる順番はほぼ作品の発表順に沿っている。

一　戦前の短編小説

処女作の「十円紙幣」（一九三八・六）については、すでに「四　大学時代」の節で柴田錬三郎自身の言葉が引用されているが、引用の通りにこの小説は、「肺病になった学生が虚無的になり」、その学生である「おれ」が、故郷に帰って貧家の徳平という少年に「十円札をくれてやって、その少年がした野糞をなめさせる」話である。「おれ」のデスペレートでニヒリスティックな気持ちが物語の言わば主旋律である。もちろん、こういう気持ちに「おれ」がなったのは、「おれ」が「肺病」であって前途に希望が持てないからであり、そこにとくに思想的な理由づけがあるわけではなかった。

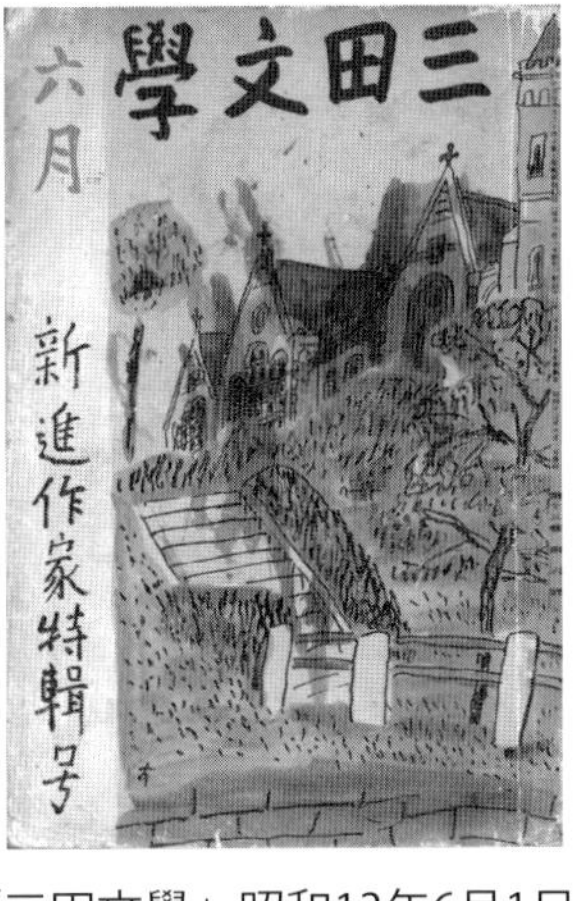

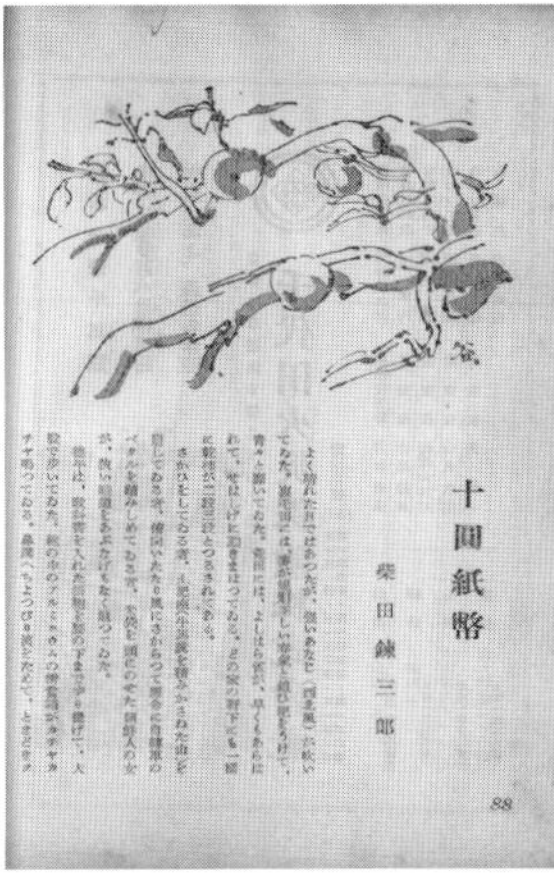
十圓紙幣

柴田錬三郎

88

「三田文學」昭和13年6月1日　「十圓紙幣」新進作家特輯号

実は、柴田錬三郎の小説に登場する主人公で、虚無的な心情を持っている人物のほとんどが、「おれ」と同様であると言える。つまり、デスペレートでニヒリスティックな心情そのものに偽りはなく、主人公たちはまさにそういう精神的雰囲気の中で生きていて、だからその虚無的心情は彼らにとってたしかに板に付いたものであったが、その絶望や虚無に何か思想的な根拠のようなものがあるわけではないのである。本稿ではこれから柴田錬三郎の多くの小説について論及していくつもりであるが、まずこのことに注意を喚起しておきたい。

さらに注意しておきたいことがある。それは、肺病病みの「おれ」は人生に対して自棄になっていて、だから徳平にそのような残酷ないたずらをしたのだが、それに関して、

「しかし、綺麗になめつくした挙句、おれをまぶしげに仰いだ徳平が、不意にふてぶてしい阿諛《あゆ》する如き笑いをうかべたのに接した刹那、煮滾《にえたぎ》るような憎悪と憤怒とそして次の瞬間世にも悲痛なおもいが、一時に胸にこみあげてきて、咽喉もはりさけるばかりであった」

と語られていることである。なぜ「おれ」は、「憤怒」や「憎悪」とともに、「世にも悲痛なおもい」をしたのであろうか。

それについて小説では詳しく説明されてはいないが、おおよその見当はつくであろう。「おれ」は、徳平の浅ましさに「憤怒」を持つとともに、そのように育ってしまった彼の境遇に思いを致したときに、「悲痛」な思いを持ったのである。なるほど「おれ」には絶望や虚無から来る酷薄な心情があることは否定できないが、しかし同時に、「おれ」は不幸に対して「悲痛なおもい」や惻隠の情とも言うべきヒューマンな心情をも持っている人物でもあると言えよう。このように主人公たちがアンビヴァレンス（両面価値的）な心情を持っているところに、柴田錬三郎の文学の魅力がある。

徳平が十円を持っていることに不審を持った母親は、徳平が「ここの若旦那から貰うたんじゃ」と言うことを信用せず、徳平を連れて「おれ」の家に来るが、「おれ」は「やらんぞ。十円の大金をそんな小僧にやるわけがあるか！　馬鹿野郎！」と「喚いてニヤリとした」と語られている。そのような虚偽の証言をすることにどういう意味があるのかと問うても仕方ないであろう。それは、デスペレートでニヒリスティックな心情に浸かっている「おれ」の、気まぐれで刹那《せつな》的な感情反応なのである。しかし繰り返して言えば、他方で「おれ」はヒューマンな心情も持っている。酷薄、冷酷一辺倒ではなく、暖かいところもあるのである。

因みに、処女作「十円紙幣」とそれ以後の柴田文学との関係については、相反する二つの説がある。作家の阿川弘之は「柴錬の処女作」（『柴田錬三郎選集』〈集英社、一九九〇・五〉「月報―15」）で、

「反俗、背徳、異端志向、ニヒリズム、ダンディズム、サディズム――、柴田錬三郎の基本姿勢乃至《ないし》好みのほとんど凡てが、この一作の中に顔を出してゐる感じである」

と述べている。それに対して、やはり作家の安岡章太郎は同選集の「月報―17」（一九九〇・七）で、

「よく処女作の中に、その作家のすべてが含まれているというようなことが言われるが、この『十円紙幣』は決して柴田氏の資質を十分にあらわしたものとはいえない」

として、後年の大衆作家としての柴錬を知っている読者には「このような作品は退屈なだけ」だと述べている。

どちらの解釈にもそれぞれ一理あるだろうが、ただ安岡章太郎も「『眠狂四郎無頼控』のようなものにも、この『十円紙幣』につうずるシニシズムは流れている」

と述べていて、阿川弘之の言う、柴田錬三郎の「基本姿勢」（この場合は「シ

ニシズム」）がすでに「十円紙幣」に出ていることも認めているのである。やはり、その意味において「十円紙幣」は柴田錬三郎の文学を読み解く鍵となる小説であると言える。

さて、短編小説「昼夜の記録」（一九四〇・一〇）においても、前述したようなアンビヴァレンスな心情を持つ人物が登場している。「昼夜の記録」でその人物は、落ちぶれかかった旧家の長男である宮岸宗一郎である。また「昼夜の記録」では、宮岸家の「寄宿人」で小学校の先生をしている江島壮吉が、まさにヒュウマンな人物として登場している。そして、壮吉と宗一郎とは同級生であったとされている。

宮岸宗一郎は頭脳優秀な青年であり、上京後には

「酒と女をわたりあるいていたが、そのうち、とある書房からボウ・ブランメルとボードレールの流麗な翻訳を二冊出版して一部の識者から絶讃をもって迎えられ」

さらに詩を二三の文学雑誌に発表して、これも「相当の評判を獲た」ことがあった。しかし、彼の文学上の仕事はそこで終わったらしいのである。沈黙の理由の一つは戦争へと向かう日本の世相が、

「十九世紀仏蘭西《フランス》の人間嫌厭の詩弦《リイル》を神とする者に完全な沈黙を強要した」

からである。そして、「十円紙幣」とほぼ同様なエピソードが語られている。それは、宗一郎がやはり、徳平というすこし知的障害のある少年に金をやって、危険な所に落ちた自分の下駄を拾わせる話である。また、後の展開も同様なものになっていて、宗一郎は徳平に「百円」の金をやったのだが、徳平の父親の峰吉が本当に宗一郎が徳平に金を与えたのかを確かめに来たとき、宗一郎は

「やらんぞ、百円もの大金をそんな小僧にやるわけがあるか」

と言ったのである。宗一郎が徳平に金を与えたのも、嘘をついたのも、ともに気まぐれからであった。

そのことを見抜いている、宗一郎の妹である雪江は、宗一郎に向かって言う、

「可哀想ですわ、兄さんは下駄をひろわせて気まぐれに百円やったのでしょう、きっとそうですわ」

と。ただ、その宗一郎にも人の不遇に同情を寄せるヒュウマンな情もあったのだ。だから、雪江からそう言われると、宗一郎の顔から

「泪《なみだ》が一縷《る》二縷小鬢をつたい落ちていた」

と語られている。しかし、周囲の人間は妹の雪江も含めて、そのような宗一

郎の深奥の心情に気づくことはなかった。壮吉も、宮岸の家に関して、

「……宗一郎こそ、無断で闖入《ちんにゅう》する神を瀆《けが》した犯罪者、廃《すた》れた肉体と虚無の魂を抱いた男の栖では、ここは断じてない」

と思っているだけである。

もっとも、宗一郎の柔らかい心の部分に周りの人間が気づかないのは、日ごろの宗一郎の言動からすれば当然のことであった。その点において彼は自分で孤独な境涯を招いていると言える。後の柴田錬三郎の小説では、宗一郎ほどの孤独な主人公はいない。それなりの理解者を持っている。ただ、彼らも本質的には宗一郎の孤独の心情を受け継いでいる人間であったと言える。その点で、戦前のこれらの小説は、以後の柴錬文学が形成されるにあたって、やはり重要な作品であった。

柴田錬三郎は戦前においては、自身の文学の核となるものを形作りつつ、他方で様々な題材を小説に取り込むことで、文学の幅を拡げていった。たとえば、「印度の秋」（一九四〇・一二）は、東洋史学者であった夫が、インドに招かれて教えに行き、そこで病死したという報せが妻の元に来たのだが、実は夫はインド人の女性に溺れ、その女性に捨てられて自棄になり、その果てに自殺したことがわかる話である。実直な人物が人生の陥穽《かんせい》に落ちこむと

いう、実は誰にもあり得る人生の不思議な一面が捉えられた小説である。

「割腹記」（一九四二・五）は、優れた頭脳と容貌を持つ藤森宗一郎は肺病に罹《かか》っていたのだが、その病で「のたうって死んだ」ということがたまらないから、

「心奢《おご》れることを誇りとして来た男は、その最期も、わざわざ神が手を下してくれる前に、自分で片づけたいのだ」

と思い、自殺する話である。「割腹記」は、その宗一郎に劣等感を持つ「私」の語りで進行する。「私」はこう語っている、

「私は、空想でまで、いやむしろ藤森を空想の中でやっつけねばならぬ程、大学数年間彼に屈服しつづけたのだった」

印度の秋

柴田錬三郎

26

「印度の秋」

「三田文學」昭和15年12月

と。

　この小説は、優秀な青年の間でありがちな優越をめぐっての葛藤の物語であるとともに、その優秀さを自負してプライドが極めて高いために結局は自裁せざるを得ないところまでに自らを追い込んだ青年の物語でもある。柴田錬三郎の周囲にも、似たような青春の、葛藤とプライドのドラマがあったのではないかと想像される。

　また、「他人の図」（一九四二・一〇）は、新橋で左棲《ひだりづま》をとっていた「おひさ」が私生児の藤子を産み、その藤子も父なし子を産もうとしている話である。「他人の図」は、日中戦争下の下層の庶民の暗い人生が語られていて、柴田錬三郎と同郷の小説家である正宗白鳥の小説を思わせ

「三田文學」昭和17年5月

「割腹記」

る内容の物語となっている。さらに「リサールの最期」（一九四二・九）はフィリピンの有名な民族独立運動の英雄ホセ・リサールの短い自伝として書かれている。リサールは刑死したのであるが、この小説はその直前に自らの人生を回顧した体裁になっている小説である。

このように、戦前に発表された柴田錬三郎の短編小説を見てくると、それらの中の主人公像が後の柴錬小説に登場する主人公像の原型をなすものとなっていることがわかるが、しかしそのこと以外では、後の柴錬小説とはその性格が大きく異なっていることに注意される。

澤辺成徳の『無頼の河は清冽なり　柴田錬三郎伝』（集英社、一九九二・一二）によれば、柴田錬三郎は『信濃毎日新聞』（一九六五・八・六）に掲載した「山ろく清談」というエッセイで、

「純文学は〝自分のために〟書くもので、いわば〝道楽〟です。ところが、大衆作家は、人がそれを読んで、ウサを晴らしてくれるもの、面白がって、よろこんでくれるものを作り出す〝プロ〟でなければいけません」

と語っているようである。その分類で言えば、これまで見てきた戦前の小説は、むしろ「自分のために」書いた純文学小説であったと言えよう。

「朝日新聞」（一九六二・三・三）に発表したエッセイ「わが小説Ｉ「デスマ

スク」「イエスの裔」」で柴田錬三郎は、

「私ははじめから、エンターテインメント（娯楽）しか書けないように生れついた人間なのである」

と語っているが、しかし作家として登場した最初期は、純文学的な小説も書いていたのである。後に柴田錬三郎の小説作法としてよく知られていて、遠藤周作も「錬さんの思い出」（『柴田錬三郎選集』〈集英社、一九八九・四〉「月報―2」）で語っている、〈小説中にドンデン返しを二回する〉という作法も、戦前の短編小説には用いられていない。だから、あくまでも〈ドンデン返し〉の作法は、柴田錬三郎が自らをエンターテインメント作家として自己規定して以後のものだったのである。戦前の短編小説には、〈ドンデン返し〉は二度どころか一度も無いと言える。

このように戦前の柴田錬三郎には、純文学に拘《こだわ》りを見せるところがあったのだが、この傾向は戦後になってもしばらく続いている。もっとも、その間にも、柴田錬三郎は自分の文学の重点を徐々にエンターテインメントの方にシフトさせていっているのである。

二　戦後の短編小説

柴田錬三郎の、あのバシー海峡漂流の体験を含めての軍隊体験については、「七　生死の狭間、漂流体験」の節で詳しく述べられていて、日本の軍隊が柴田錬三郎にはいかに愚劣な組織として意識されていたかが、よく了解できるものになっている。戦後ほぼすぐの小説では「仮病気」（一九四六・六）に、日本の軍隊に対しての柴田錬三郎の意識がどういうものだったかがよく現れている。主人公は語っている、

「私にとって堪《たま》らなかったのは、なぐられる痛さよりも、なぐられる理由の愚劣さであり、低級無智な浅民《ママ》共に絶対服従しなければならない屈辱にあったのです」

と。

また、柴田錬三郎が知識人（インテリ）と大衆の言わば実相にも眼を見開かされたのも、軍隊体験であったようである。柴田錬三郎は『柴錬巷談　総輯篇』（集英社、一九七一・六）で、軍隊において「狡猾で、卑屈で、エゴイストであったのは、大学出のインテリであった」と述べ、

「大東亜戦争を聖戦と信じ、芸術の何たるかを解せず、ホワイトカラー

など生れて一度もつけたことのない無智な非インテリが、いかに禅のごとく美しい心根の持主であったか」

と語っている。このときの体験が、柴田錬三郎に影響を与えたと思われる。

戦後になってもかなりの間、その実態はともかくも、純文学を読むのは知識人で、大衆は大衆文学を読む、というような棲み分けがあった。柴田錬三郎が純文学には背を向けて大衆文学の方にはっきりと方向転換をした理由の一つに、軍隊体験でインテリと大衆との双方の実態に気づいたことがあったためではないかと考えられる。決して尊敬できない知識人のための純文学よりも、大衆に喜ばれる大衆文学の方に自分は力を入れるべきではないか、という思いである。とは言え、戦後しばらくは柴田錬三郎は、戦前のような純文学的な小説も多く書いている。

たとえば「おれ」の一人語りの短編小説である「狂者の相」（一九四七・一二）

『柴錬巷談　総輯篇』
昭和46年6月 集英社

では、デスペレートな心情を持つ「おれ」が猫の眼をナイフで突き刺したり、下宿している家の主婦を犯したりすることが語られ、また「おれ」は

「ポオ、ボウドレエル、バルザック、リラダン、ドストエフスキイ、ステファン・ツワイグ等」

を好んで読むとされている。これは柴田錬三郎の文学嗜好がそのまま語られているところである。また、「おれ」は日本民族を「軽蔑」しているが、

「刀のすがたに接する時だけは民族の純粋な血で清められた（略）その秀《ママ》れた感覚にうたれずにはいられないのだ」

という叙述などは、後の時代小説家としての感覚を先取りしているところもあったと言える。それとともに「狂者の相」は、先に見た

「純文学は〝自分のために〟書くもの」

だとする言葉通りの小説でもあった。

あるいは短編小説「白装」（一九四七・二）には、頭脳優秀な青年がやはり「宗一郎」という名前で登場するが、「宗一郎」については

「孤独な虚無がひしひしと彼をとりまいていた」

とされ、彼はある日、校舎の二階の窓から銀貨を庭へ投げて

「少年の群れが（略）這いまわって、それをひろった」

のを見て、

「その時から、宗一郎は、愚衆を軽蔑するすべを知った」

と語られている。少年たちに拾わせるために、校舎から銀貨を投げるエピソードは、「十円紙幣」と同工異曲である。その点は、戦前の小説とどれほどの違いも無いと言える。しかし、この「宗一郎」には自己批判の精神もあって、自分のことを
「バイロンばりにボウ・ブランメルのダンディズムをあこがれた哀れな精神乞食にすぎなかったのだ」

と捉え返している。

そのことともに、ここで注意されるのは、「蕩児」の「宗一郎」が
「どろどろの色情に疲れた果てた挙句」

に見出したのは、

「生の原型に対する月痕のような新しい愛情ではなかったか――その示現的な状態が、宗一郎にも来ていた」

と語られていることである。これまでの、人生に対して斜《しゃ》に構えていた生き方から、「生の原型」に対しての「新しい愛情」に眼を向けようとしているのである。人生に対しての否定的でニヒルなあり方から抜け出て、人生の肯

定面を見ようとしている。むろんそれは、ダンディズムを気取ったあり方の欺瞞に気づき始めていることと結びついている。ともかくも、主人公は新しく一歩を踏み出そうとしているのである。

そのことは、芥川賞候補となった「デス・マスク」(一九五一・六)でも語られている。「デス・マスク」は、黒田幸太郎という、自殺した享年三十歳の文芸評論家(というより無職に近い)の遺体を前にして、黒田をめぐる三人の人物、すなわち妻、愛人、そして友人が肚裏《とり》で呟いている内容と、黒田の霊が語る話とで構成されている小説である。黒田の霊は語る、

「自分がダンディたらんとしていることを、ボオドレエルやボオ・ブラムメルのダンディぶりをしゃべりちらすことによって相手に通じさせようとすることは、これこそ最も非ダンディ的ではないか……。」

と。

友人も黒田についてこう思っている。すなわち、

「そして、この男は、ジョオジ・ブラムメルのダンディぶりにぞっこん参り、ボオドレエルやリラダンの韜晦《とうかい》に雀躍《じゃくやく》し、これを執拗なまでに猿真似したのだ。/こういう意味で、この男は、決してニヒリストではなかった。この男の内部には、デーモンは存在しなかった。ニヒリズムは、

むしろ愚直君子の己のうちにあった」と。デーモンも真のニヒリズムも無いダンディズムというのは、あり得ないであろう。

もっとも、黒田はそのまま柴田錬三郎ではない。しかしながら、デーモンや真のニヒリズムが柴田錬三郎の内部に、思想としてあったかというと、やはり少々怪しいと言わざるを得ない。おそらく、柴田錬三郎自身もそのことに気づくことがあったのではないだろうか。だから、「デスマスク」のような小説が書かれたのである。この問題、すなわち真のニヒリズムをめぐっての問題については、『眠狂四郎』シリーズを扱うときに、さらに考察していきたい。

さて、このように戦後の短編小説は、戦前の短編小説のテーマを引き継ぐものもありながら、戦前のあり方に対する反省もしくは自己批判も込められていた。その自己批判の延長上にあるとも言えるのが、直木賞を受賞し

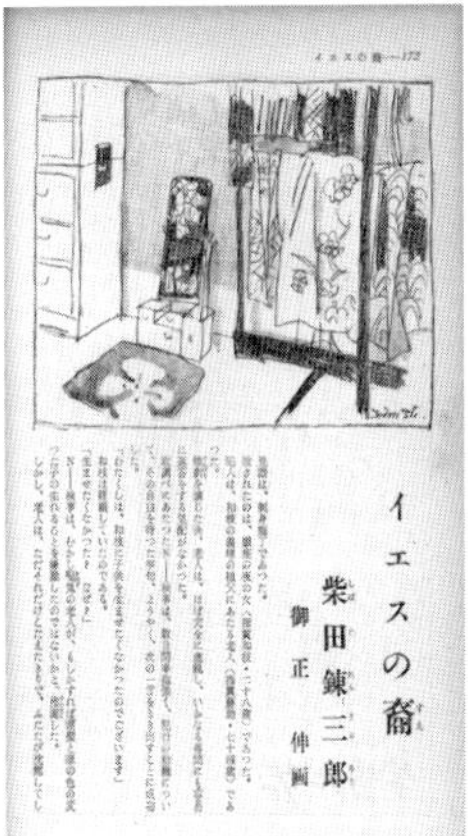
イエスの裔
柴田錬三郎
御正伸画

「イエスの裔《すえ》」
「増刊　小説春秋」
昭和31年4月 桃園書房

た「イエスの裔」（一九五一・一二）である。というのは、「イエスの裔」の主人公は、まさに善良そのものという人物であって、この小説ではニヒリズムやダンディズムとは無縁の善人が描かれているからである。柴田錬三郎は、この小説によって初めて善人を描いたのである。

主人公の藤助は、妹のお良とその娘の澄江、さらに澄江の娘の和枝の、その三代にわたる女性たちの犠牲にされたような人生を歩んで行った。語り手の「作家某」はこう語る、

「その善良さは見事なものだが、いったい善良さがますます立派になることが、彼の苦しみが募ってくる場合にしかあり得ないような——そんな善良さは、いっそ、罪悪だと、私は思う」

と。あるいは、

「こういう善良な人格は、俗物なるが故に正しい精神という観念を自己の裡《うち》に定着しようと努力している私など作家から見れば、この上の愚劣はない」

と。

このように、「作家某」に藤助の「善良さ」を批判させているのではあるが、しかし、ともかくも「善良さ」を描いた柴田錬三郎は、戦後になって一歩新

しい世界を切り拓いたと言えよう。その拡がりは題材にも言える。たとえば、「遺影」（一九四八・一二）は、夫が戦死した女性の話である。彼女には幼い女の子がいて、彼女は速記者になるべく試験を受けるが不合格であった。憐れみにもらった七〇〇〇円の内の二〇〇〇円で洋菓子を買うが、残りの五〇〇〇円を掏《す》られてしまう。そして、その掏摸《すり》は夫の元部下であったという話である。「遺影」は戦後の暗い世相を語った話である。

その他の短編小説で言えば、「沖縄心中」（一九五二・九）は、沖縄戦下の軍人と女学生とのほんのひとときの恋愛の物語であり、悲惨な戦闘の中で二人は庇《かば》い合って、結局は米兵に射殺されるのである。また、「河内山宗俊」（一九五二・七）は、僧の宗俊《そうしゅん》が、中野五右衛門碩翁《せきおう》の権勢をバックに、片岡直次郎や金子市之丞《いちのじょう》らと無頼を働いていたが、しかし、老中水野越前守に権力が移行した後は、思うようにいかなくなり、結局は断罪の身となる話である。

このように柴田錬三郎は、この辺りから時代小説も試みるようになる。その他には、カステラ製造の商売人から長崎奉行にまで出世した東安《とうあん》の話である「カステラ東安」（一九五二・七）や、安南国で娼婦をしていた「おふみ」を語り手の「私」が船に連れ込むが、その船が嵐に遭った時、それは女を連れ込んだ祟りだとされ、決闘となる話である「異説おらんだ文」（一九五四・一二）などである。

さらに、「生きていたヒトラー」（一九五四・八）では、パリに留学していた椿《つばき》次郎が娼婦を買うのだが、その娼婦の話によると、彼女を買った男が「エバ！　エバ・ブラウン！」と叫んだらしいのである。「エバ・ブラウン」とはあのヒトラーの愛人の名前である。となると、その娼婦を買った男はヒトラーだったのだろうか。真相は分からぬまま、物語は終わっている。また「皇后狂笑」（一九五二・四）は、歴史上有名な則天武后《ぶこう》の滅茶苦茶な政治と、そして彼女と愛人の薛懐義《せっかいぎ》の物語であるが、これは後の中国を舞台にした小説の先駆けと言えよう。

柴田錬三郎は昭和三〇年代に入っても、様々な題材を元にした短編小説を数多く発表しているが、とくに昭和三十一（一九五六）年五月よ

「生きていたヒットラー」
「講談倶楽部」昭和29年8月
大日本雄弁会講談社

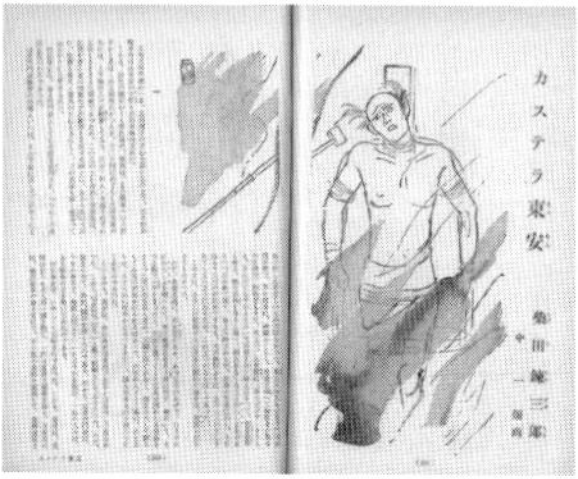

「カステラ東安」
「オール讀物」
昭和28年7月 文藝春秋新社

り「週刊新潮」に『眠狂四郎無頼控』の連載を書くようになってからは、新聞や週刊誌に連載された長編の時代小説の方に多くのエネルギーを費やすようになる。『眠狂四郎』シリーズを見ていく前に、まずそれらの長編時代小説の幾つかと現代小説についても見ていきたい。

三　長編時代小説と『図々しい奴』

『剣は知っていた』は、「東京新聞」に昭和三十一（一九五六）年六月一九日から昭和三十二（一九五七）年七月一七日まで連載され、新潮社から単行本で刊行された時には全三冊となった、かなりの分量の長編時代小説である。話の主筋は、眉目《びもく》秀麗で剣の腕が抜群の青年である眉殿喬之介《まゆどのきょうのすけ》と、徳川家康の娘で驚くほど美しい鮎姫との恋の物語にあるが、それとともに『剣は知っていた』は剣の技についての奥義が語られているところが読みどころでもある、という小説である。

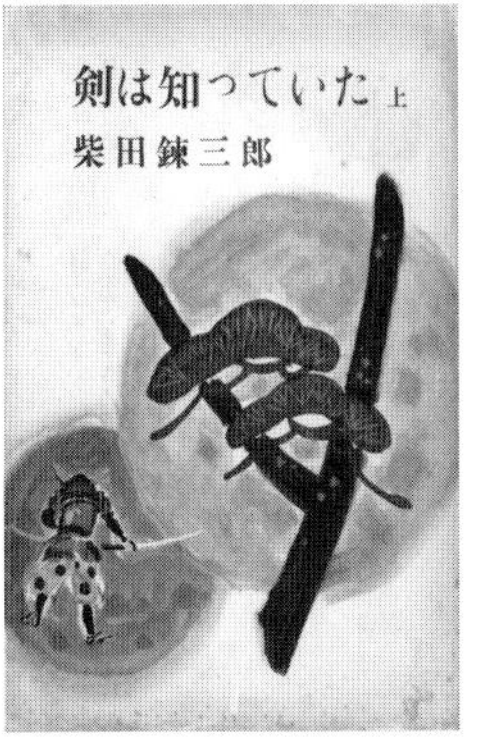

『剣は知っていた（上）』
昭和32年3月 新潮社

眉殿家の先祖は管領五代足利憲忠《のりただ》で

あった。憲忠が管領四代足利持氏の長子成氏に殺されてから、関東は大いに乱れたのだが、その時、重臣の一人が憲忠の遺児を固瀬《かたせ》の地にかくまって眉殿と名乗らせた。喬之介はその眉殿家の末裔《まつえい》なのであるが、喬之介は箱根に棲むという天狗にも比すべき稀世《きせい》の名剣客に会って、五年間、「凄絶な修業を積んだのであった」。喬之介にとって剣の師と言うべきその名剣客は、「剣の秘術が三十箇条」にわたって記された書き物を残していた。

それはたとえば、

「ひとつ、兵法は、敵の見るあたわざる真我の我を持つことなり。真我の我とは影なく形なく生も死もなき我なり」という条、また、「ひとつ、兵法は、刀を用いて人を活かすと心得てこそ、活殺自由三昧なり」とする条、あるいは、「(略)内外虚実の差別がないところに、心眼をひらく。すなわち、無形の構えである」の条、さらには、「構えとは、千変万化の強弱軽重の体の故に、陰にあらず陽にあらざる無形のものといい得るのである」

という条などである。

おそらく、これらの奥義の条は、柳生宗矩《むねのり》の『兵法家伝書』や宮本武蔵の『五輪書』などを踏まえながら、柴田錬三郎が独自に考案したものと考えられる。

さらに地の文でも、剣の奥義について、

「剣の極意は、心をいずこに置くかにある」とされ、「心をいずこにも置かず、おのが五体の中に沈めて、水のごとく平らかに、静かに、澄みきらせるには、真我の我をさとる心法が成らねばならぬ」

と語られている。つまり、心を固着させず（「いずこにも置かず」）、言わば心を自由自在な状態に置いておくことが大切だというわけである。これは剣法だけに当てはまることではなく、

「諸道の名人は、（略）心をいずこにもとどめぬ境地に達する」

とされている。


このように語られると、いささか思弁的で神秘的な教えのように思われるかも知れないが、先述したように、ポイントは心を自由無碍《むげ》な状態に置いておくことが肝要であると言っているだけだと言える。また『剣は知っていた』では、剣の技に関して塚原卜伝《ぼくでん》の「一の太刀」にも論及され、その兵法の要旨は

『剣は知っていた（中）』
昭和32年7月 新潮社

「当世的にいえば、非常に形而上学的な悟りにあるのであり、そこに悟達した当人のみ、能くするところであった」

と語られている。

あるいは、こうも語られている。すなわち、

「喬之介は、形影生死から解脱し去った仏性に通ずる無我の境地に立ち、風楊《ふうよう》の懸待遅速をもって、微なるところを討ち、幽なるところを抜こうとしているのであった」、と。

なぜ、「仏性」なのだろうか。小説の中でも、

「剣の奥義は、この仏教の目的と同じである、という解釈が、この当時、盛んになっていたのである」

と語られている。たしかに、剣法の奥義が心を無執着の状態に置くところにあるならば、その奥義は、執着や分別が迷いを誘発するとする仏教の教えに通じるところがあるであろう。

この問題については、詳しくは『眠狂四郎』シリーズを論じるところで扱いたいが、『剣は知っていた』は剣法の奥義についての柴田錬三郎の蘊蓄《うんちく》を傾けた初めての小説であったと言える。

さて物語では、徳川家康は眉殿喬之介に対して自分に事《つか》える気はないかと問う

が、喬之介からは家を再興するよりも「一人の婦女子を愛して、倶《とも》にくらす幸せをつかむ」ことの方が大切だと言われ、きっぱりと断られる。家康は喬之介のことを「この世で、鮎姫を幸せにできる唯一の男に相違ない」と思う。その後も、眉殿喬之介と鮎姫との間は紆余《うよ》曲折があるのだが、最終的には二人は結ばれる。物語の末尾近い箇所で、こう語られている。

「眉殿喬之介と鮎姫が、その後、何処の国に終《つい》の栖《すみか》を得たか、消息は絶えて、なんの記録ものこっていない」

と。

しかし、その直ぐ後の文章で、関ヶ原の合戦で、眉殿喬之介らしい武将が徳川方として活躍したらしいことが語られている。

こうして見てくると、『剣は知っていた』は、舞台が安土桃山時代に設定されたラブロマンスが主筋の物語であり、その合間くに読者の興味を引きつけるような、剣法についての解釈が語られた時代小説であったと言える。『柴錬巷談』（前掲）で

『剣は知っていた（下）』
昭和32年9月 新潮社

柴田錬三郎は、

「私は、時代小説を書く時、恋愛の純粋性を想うからである。／現代小説ではもはや、純粋な恋愛感情を描きつくすことはできぬ」

として、

「山ひとつへだてても、逢えなかった時代である。そうした時代だからこそ、愛情も、いやが上に昇華できたのではあるまいか」

と述べ、

「私は、『剣は知っていた』では、恋愛を描いたつもりである」

と語っている。実際、その通りの小説となっている。

次に見る『異常の門』は、「週刊現代」に昭和三十四（一九五九）年一〇月二五日から昭和三十五（一九六〇）年一〇月九日まで連載されたやはり長編時代小説である。

主人公は夢殿転《ゆめどのうたた》という青年であるが、彼は実は琉球国の伊舎堂王子《いさどうわんす》であった。物語は拿捕《だほ》した異国船の積荷の所在地を探し当てることをめぐって、松平家の江戸家老や公儀目付、さらに島津藩の重役たちが配下の部下を使って暗躍する話である。積荷の財宝のことは松平藩によって二つの帖に記載されていたが、後に一つは公儀隠密が松平藩から盗み取って江戸城の西之丸大奥へ差し出したために「大奥帖」と呼ばれるようになり、もう一つは松平藩が盗まれるのを恐れて、京の比丘尼御所の一つに預けたために「天皇帖」と呼ばれるようになった。ただ、一つの帖だけでは財宝の在処《ありか》は分からず、「大奥帖」と「天皇帖」とを合わせることによって、その在処が分かるのであった。

『異常の門』は、両帖の争奪戦が主筋として語られながら、他方で夢殿転と将軍家の息女である清姫との純愛の話も語られていて、さらにはそのことを知りながら夢殿転に想いを寄せる千枝という娘のことも語られて、これらは先に見た、時代小説だからこそ「恋愛の純粋性」を語ることができるという、やはり一つの実践例となっている。清姫は若年寄の永井美作守が放った忍びの者によって殺されるのだが、すでに夢殿転を父親とする子どもを産んでいた。

週刊現代

異常の門

雲の章 九

連載 第四十四回

柴田錬三郎

中尾 進 画

その十八

「異常の門」第44回
「週刊現代」昭和35年8月28日講談社

物語の終盤で夢殿転は、両帖を合わせた「絵図面」を取得する。「異常の門」というのは絵図面の中心に記入されている言葉であった。それが何処の地を指すのか分からなかったのだが、それが琉球の「蘇洞門《そともん》」であることも分かる。しかし、夢殿転は結局、その「絵図面」を細かく破り、「ちぎった紙片を、海へ投げた」のである。そして、これまで彼を支えてくれた黙兵衛にこう言う。

「人の手に渡れば、どんな悪業も犯す財宝も、岩の蔭にねむっている限り、土塊と同じであろう。そうではないか、黙兵衛」

と。

そして、物語の末尾で夢殿転は、清姫との間に生まれた子どもを初めて抱き、それを見た、すでにその子の育ての親となっていると言える千枝は、

「――幸せ！／この一瞬をこそ、じぶんは、ずうっと長いあいだ待ちのぞんでいたような気がした」

と語られている。

このように『異常の門』は財宝をめぐる言わば宝探しの話が物語の主筋を領導しながら、若い男女の恋の話がもう一つの筋となって展開されている小説となっていて、時代小説の醍醐味を味わうことができよう。また、宝探しに関しては、吉行淳之介が「柴錬さんの講義」（『柴田錬三郎選集』〈集英社、

一九八九・五〉「月報―3」）で、
「（略）柴田さんのレクチャーで大いに役立ったことが一つあった」として、「「宝探し」の要素を入れると、読者も面白がるし、書くほうも書きやすくなる、という話である」
と語っているが、まさに「大奥帖」と「天皇帖」をめぐる争奪戦は、物語に組み込まれた「宝探し」の「要素」である。

『赤い影法師』は、昭和三五（一九六〇）年二月八日から同年八月八日まで「週刊文春」に連載された時代小説で、大坂夏の陣以後も真田幸村が実は生きていて、徳川家から五万石をもらい、全国の武士を管理する方法を幕府に教えているという設定になっている。そして柳生宗矩《むねのり》も中心人物の一人であり、柳生十兵衛や荒木又右衛門、宮本武蔵の養子の伊織《いおり》、さらには服部半蔵も出て来たりと、時代小説に馴染み深い有名人物たちが次々と登場していて、物語を賑わせてくれている。また豊臣秀頼も、大坂夏の陣以後も薩摩の領内で生きているらしいことになっている。

こう見てくると、『赤い影法師』は『異常の門』以上に奇想天外な要素のある時代小説となっていると言えよう。柴田錬三郎は読者の興味関心を引きつける配役をこのように施して読者サービスをしながら、自身も想像力を自由奔放に発揮させて楽しんで書いたのではないかと思われる。

以下、簡単に小説の内容を紹介する。「赤い影法師」の「影」というのは、服部半蔵をして伊賀流忍びの業《わざ》を大成せしめた「影」のことである。それはまた、「影」父娘《おやこ》を指す場合もある。ところで伊賀の忍び者は、徳川の麾下《きか》に入っていたが、「風盗」族と「影」の率いる木曾谷の「隠れ忍者」だけは、どこにも属してはいなかった。本来、「影」は石田三成に雇われていた忍者であったが、石田三成が関ヶ原の戦いで敗北し、光成が京都で斬首されてからは「喪家の狗」となった「影」は、その後は服部半蔵の依頼を引きうける忍者となって活躍したのである。

『赤い影法師』は、物語の主筋の大きな展開というものはないが、このように様々な有名人物が登場し、それぞれに活躍して

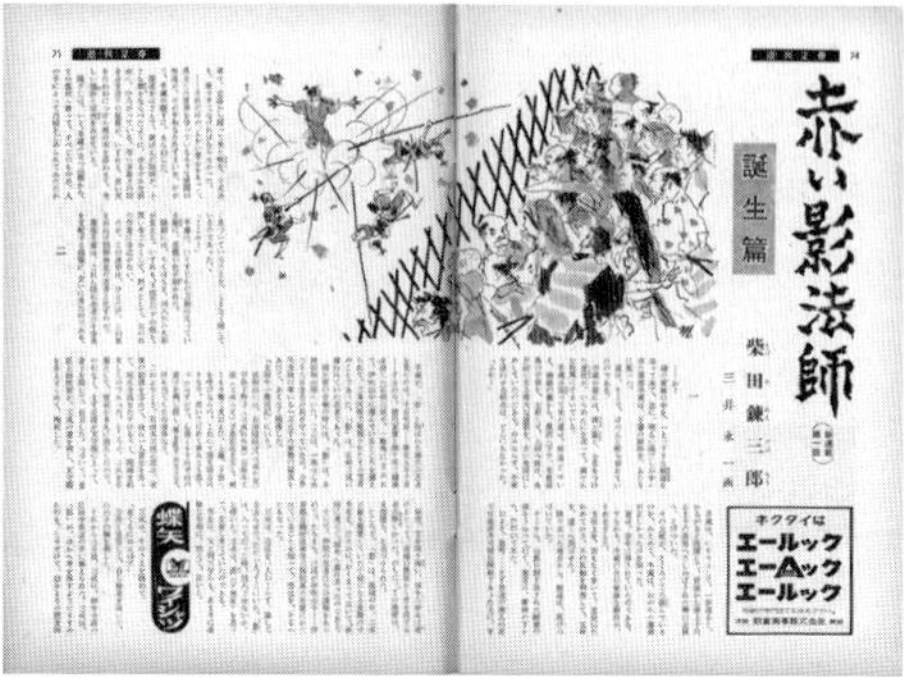

「赤い影法師」
「週刊文春」昭和35年2月8日 文藝春秋新社

いて、意外な結びつきがあったりして、そこが読みどころであると言えよう。そして、その中に剣法についての叙述があり、その点も読みどころの一つである。たとえば、柳生宗矩が菅沼新八郎という剣豪に対して語るところである。すなわち、

「まさしく——お見事であった。念動ぜずして、気は霊明にしたがって活達流行、心を載《の》せて滞《とどこお》らず、その形を御すること無礙自在——貴殿の不測の妙用こそ、剣の術の悟入と申そうか」

と。

つまり、剣の奥義は「活達流行」、「心を載《の》せて滞《とどこお》らず」、そして「無礙自在《むげじざい》」にあると語られているのである。すでに、『剣は知っていた』でも述べたが、剣術の極意は心を自由無礙な状態に置き、心身を決して固着させないことにあるようである。このことは、柴田錬三郎の剣豪小説では繰り返し出てくる剣の奥義論である。

このように、昭和三〇年代以降の柴田錬三郎は、積極的に時代小説に筆を

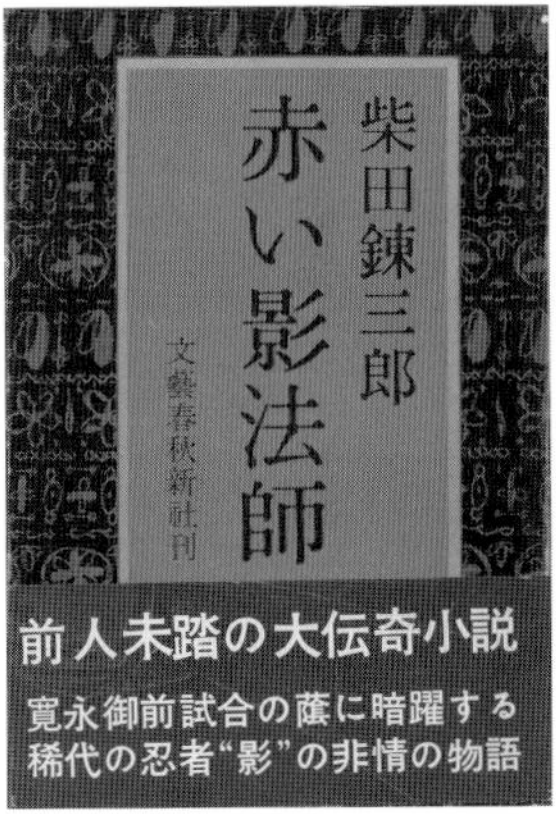

『赤い影法師』
昭和35年10月 文藝春秋新社

費やしていっている。たとえば、『南國群狼傳』（文藝春秋、一九六一・三）
である。これは「影」と佐助が島原の乱に関わっていく話である。そこに
樟姫《くすひめ》神社の斎《いつき》の宮《みこ》と、その美しい宮に想いを寄せる男たちも登場する。実は
「影」も宮に想いを寄せているのだが、宮が神々しいまでに美しいので、性
欲の対象にはならないのであった。

『南国群狼伝』は、他の柴錬時代小説と同様に、歴史的事実に虚構を交えて展開されていて読み物として面白いものとなっている。さらに、島原の乱には真田の残党も加わっていることになっている。また、この小説でも剣法の奥義についての叙述があって、読者にはそれも興味深いであろう。たとえば、兵法すなわち剣法と、忍法とでは逆なところがあるとされていて、剣法では

「おのが目を、すてるのである。（略）敵の視線を、遠く距離を置いて、とぎすました神経によって感得する――それ

「南国群狼伝」第17回
「週刊文春」
昭和35年12月10日 文藝春秋新社

が、兵法者の高等技術であろう」と語られている。それに対して、忍法では「これとは逆に、現実に、墨《すみ》を流したような暗闇《くらやみ》を透《すか》して、物を見分けるのが、忍法である」とされている。

剣法については、柴田錬三郎は剣法関係の多くの書物を読んだであろうと考えられるが、そのような書物がほとんど残っていない忍法については、ここでの説明が果たしてどれだけ真相を言い当てたものかどうかは、実のところ判断できないと言わざるを得ない。ただ、それが真相か否かということより、忍法について読者が納得できる〈理屈〉となっていれば、良いと言えよう。

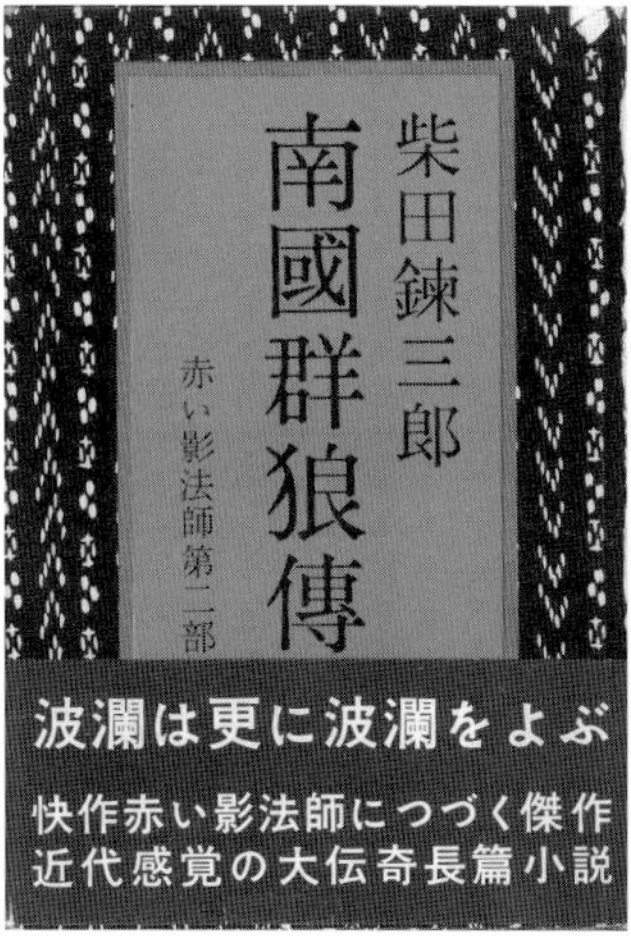

『南國群狼傳』
昭和36年3月 文藝春秋新社

ただ、剣法については、これまでも出て来ていて、そして今後も繰り返し出てくる〈理屈〉がここでも語られている。たとえば芳賀一心斎という剣の達人が愛弟子に教えていたという剣の奥義である。一心斎はこう述べている。

すなわち、

「（略）流通円転して、終始するところなく、循環変動常なく、あたかも環の端がないように、無常に似て無常にあらず、始めも終りもない――一切皆空本来無一物と唱える仏の真法身こそ、剣の極意といえる」

として、

「……心が円《まる》いように、剣も円くなければならぬ」

と。そして語り手も、これについて、

「そして、一心斎が、立って示した型こそ、まさにその「円剣」であった」

と述べている。

すでに見た『剣は知っていた』や先ほどの『赤い影法師』における、剣法談義と基本的には変わらないのであるが、『南国群狼伝』ではさらに、「剣も円《まる》くなければならぬ」という新たな論が付け加わったと言えようか。つまり、「円い」ことの大切さである。

剣の奥義についての論に関して言うならば、この当時に柴田錬三郎が書いた剣豪小説には、ほぼ同様の叙述が展開されている。「週刊公論」に連載された『おれは侍だ』（一九六一・四・二一〜同・八・一〇）は、関ヶ原の戦いの直後から物語が始まり、青年の室戸修理之介《むろとしゅりのすけ》を主人公にやはり若者の柏木《かしわぎ》新蔵や宇留田兵馬《うるたへいま》などが剣の修業をしつつ一途に人生を生きているその爽やかな姿を、女性との関係も絡めながら描いた小説であるが、ここでもやはり剣法について論及されている。

「剣法奥義の一節」として引用されている箇所を一部紹介したい。やや引用が長くなるが、以下のように述べられている。

「毫も撓むことなく、流水のごとく、敵の実に備え、外観よりすれば、むしろ怠りがあるようにみせ、敵を釣る形を現わさぬ。こちらに、形がある時は、勝ち難い。おのが構えを、虚とみせて実となし、実とみせて虚となし、形に常に定まりあるべからざるように、心がける。形の常に斉しきは、害あって益はない。変化きわまりなく、屈伸、進退、自由なるを指して、形に形なし、という」

と。

これは思弁的な叙述であって、理解することはなか〱難しいが、この中

『おれは侍だ』
昭和36年10月 中央公論社

でたとえば、「虚とみせて実となし、実とみせて虚となし」云々という箇所などは、単なるレトリック、さらには剣の奥義に神秘性を持たせるためだけのレトリックと言え、深い意味を考える必要はないであろう。それよりもやはり大切なのは、「流水のごとく」であること、そして「形に常に定まりあるべからざる」ことであり、「変化きわまりなく、屈伸、進退、自由なる」のが良いということである。そうなるとこれは、すでに見てきたような剣法論と重なってくるであろう。要するに、ある点に注意や関心を固執させたり、均衡ある構えや動きというものに拘《こだわ》ったりするようなあり方を避けて、常に「変化きわまりなく」という極めて柔軟で自由自在な心身でなければならない、ということである。

これらの時代小説と平行して書かれたのが、あの『眠狂四郎』シリーズである。

しかし、『眠狂四郎』シリーズに行く前に、長編の現代小説で映画化さらにはテレビドラマ化もされた『図々しい奴』(「週刊明星」、一九六〇・一・一〇〜一九六一・六)について見ておきたい。この小説には、戦前昭和から戦後にいたる日本社会や旧日本軍に対する柴田錬三郎の姿勢もよく表れている。次に簡単に梗概を述べておく。

——大正八年、岡山市の後楽園の裏手にある馬小屋で、一人の男の子が生まれる。父親の戸田朝吉《とだあさきち》は備前焼の職人で当時六七歳であり、母親の須佐代は一九歳であった。馬小屋で生まれたことがイエス・キリストと同じなので、その子は切人《きりひと》と名付けられる。父親の朝吉は切人が幼児のときに須佐代の上でいわゆる腹上死で逝き、母の須佐代も切人が小学生のときに病死する。切人はそれまでに、岡山城主の伊勢田公爵の御曹司である直政と知り合いになっていた。直政は左翼崩《さよくくず》れの過去を持つ青年であった。勉強の苦手な切人は、直政の口利きで岡山の一中に入学するが、結局、勉学は続かず、直政から示唆を受けて皇居よりも大きい城の城主になることを夢見て上京する。以後、様々な人々からの好意を後ろ盾に、成功と失敗を繰り返しながら、羊羹《ようかん》屋から敷物製造業へ、そして観光産業の経営を行うようになる。——

以上が簡略な梗概だが、この小説には「図々しい奴」という表題が付いていて、たしかに切人には押しの強さがあって、その点が〈図々しい〉と言える。しかし彼の〈図々しさ〉は決して厭味なものではない。またそれは、人を押しのけようとする厚かましさでもない。その〈図々しさ〉はむしろ逞《たくま》しさと言うべき性質のものである。それについて小説中でこう語られている。

「どんな惨《みじ》めな状態に追い込まれても、その世界の中で、さしたる苦痛も覚えずに、生きて行くことができるように生まれついたのが、切人の最大特質であった。」

また、切人には人から好かれる愛嬌があり、勉強はできなかったが、物事の本質を見抜く聡明さと勘の鋭さ、さらには権威や形式に拘《こだわ》らない自由な精神を持っていて、それらが彼の才能であり魅力であったと言える。切人は昔の岡山弁で喋るのだが、彼が語る方言にもユーモラスな響きがあり、切人の人柄に好印象を添《そ》えている。つまり、『図々しい奴』はユーモアと痛快さのある立身物語なのである。

その切人の主人のような存在である直政は、これまでの柴田錬三郎の小説に繰り返し登場してきた主人公の系譜にある青年である。直政は、たとえば短編小説「十円紙幣」の主人公で語り手でもある「おれ」や、同じく短編小説「昼夜の記録」に登場する宮岸宗一郎のような青年である。すなわち、頭脳優秀で美男であるが、デスペレートでニヒリスティックな心情の中にいる青年なのである。直政が、切人に「自分がたれた野糞をなめ」させるところがあるが、これは「十円紙幣」と同様の挿話であって、そのことからも直政が「十円紙幣」の「おれ」と同類の人物であることがわかる。

ところで、作者の柴田錬三郎はけっして左翼でも、また左翼の支持者でもなかったが、左翼崩れの直政が語る、天皇制に対する批判には同調するところがあったのではないかと考えられる。直政は、切人にこう語っている。

「天皇は、神様でもなんでもない。お前と同じように、アクビもすれば、糞《くそ》もたれる。（略）いわざる、見ざる、聞かざる——という奴だ」

この直政の言葉を聞いた切人は、戦前の日本人なら言ってはならない「不敬」の言葉を平然として言ってのける直政に対して

「生まれてはじめて、からだじゅうがぞくぞくするような感動をおぼえた。」

と語られていて、このあたりに柴田錬三郎が戦前の天皇制に対してどういう考え方をしていたかを窺い知ることができるだろう。

さらに旧日本軍に対しての見方はもっと辛辣《しんらつ》である。たとえば、何かというと、すぐに兵に暴力を振るう、旧日本軍のあり方に対して、召集されて入隊した切人はこう思うのである。

「——なぐらにゃ、立派な兵隊になれんというのは、考えちがいじゃなかろうか」

と。日本軍や日本の軍国主義に対する批判は切人だけではない。直政が真に

愛した園田美津枝《みつえ》も、日中戦争（当時の言葉で言えば支那事変）をしている日本に対して、何も中国大陸を占領しなくても平和な暮らしができたのに、なぜ生活を窮屈にしてまで隣国に攻め込むのかと思い、こう語られている。

「美津枝は、不良青年たちが、べつに意味もないのに、腕力と血気を誇示したいばかりに、凶器をもって、喧嘩をする——それと、ちっとも変わっていないように思えてならなかった。」

もちろん、戦争を不良青年の喧嘩と同様に考えることには無理があるが、しかし戦前日本の〈アジアの盟主〉意識などは、たしかに不良青年の虚勢とどれほどの違いがあったと言えようか。登場人物にこういうことを言わせているところに、作者柴田錬三郎の、戦前日本の軍国主義に対する批判意識を見ることができる。日本の軍隊について、地の文でこう述べられている。

「強いもの——すなわち、階級が上のもの——が、神様に等しい権力を有《も》つことになり、そこには、傲慢《ごうまん》と卑屈のほかになになにものも存在しなくなる。」

『図々しい奴』には他にも多くの軍隊批判、軍国主義批判の言葉があって、それらのことを注意深く見てみると、たしかに『図々しい奴』は戸田切人のたぶんにユーモラスな言動から喜劇のような赴きのある小説であり、また喜劇的な小説であるという判断も間違いは無いと言えるが、しかしそれだけでなく、その底には戦前日本の軍国主義に対する柴田錬三郎の真摯な批判と強烈な怒りが流れていることに気付かされる。おそらく、そのことと柴田錬三郎がこの小説の中で実名で登場することとは関係しているだろう。柴田錬三郎は小説中に「柴田錬三郎の手記」と題する一節を挿入していて、柴田錬三郎の生《なま》の声が語られている。たとえば、次のようにである。

「日本軍隊の内務班というものの愚劣は、
まことに名状しがたいものであった。」

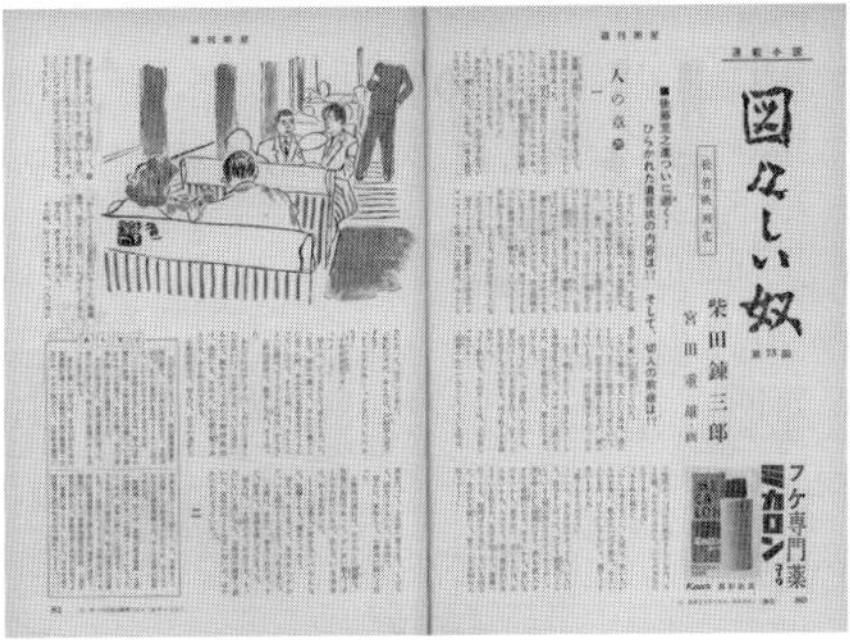

「図々しい奴」第73回
「週刊明星」昭和36年5月28日　集英社

『図々しい奴』　昭和54年1月 集英社

この「手記」にはあの有名なバシー海峡での漂流の話も語られている。作者の柴田錬三郎がこのように実名入りで作中に登場するのは、戸田切人や伊勢田直政の軍隊批判の言説に、柴田錬三郎自身が同意し、かつ責任を持っていることを示そうとしていると言えようか。あるいは、自身が戸田切人や伊勢田直政と同時代の空気を吸って生きてきたことを改めて確認しつつ、彼らの言説の言わばリアリティを保証しようとしているとも考えられる。いずれにせよ、作者自身が小説内に顔を出すというのは、もちろん異例であって、それだけにこの戦前昭和から戦後にかけての時代に対する、柴田錬三郎の痛切な思いも感じ取ることができよう。

因みに、戸田切人のモデルは実在しないようだが、その人物像は、柴田錬三郎の少年時代の同級生や、大学生になってから郷里で知り合ったという徳平少年がイメージの原型になっているようである。

さて、このように『図々しい奴』は、昭和とりわけ戦前昭和の時代に対する柴田錬三郎の意識のあり方が、よく表された現代小説であった。『眠狂四郎』以降、柴田錬三郎の執筆活動は時代小説の方にほぼ完全にシフトされているが、その後の柴田錬三郎もその意識を堅持していたと言える。時代小説では『決闘者　宮本武蔵』などに、それを見ることができるだろう。

四　『眠狂四郎』シリーズ

遠藤周作が「錬さんの思い出」（前掲）で、「錬さんが、流行作家になったのは、『眠狂四郎』からですね」と述べているように、多くの人にとっては柴田錬三郎と言えば〈眠狂四郎〉の名がすぐ思い浮かぶように、『眠狂四郎』シリーズは柴田錬三郎の代表作中の代表作である。またこの小説は、映画化やテレビドラマ化もされたりして、日本の剣豪小説の中でも眠狂四郎は代表的な剣豪の一人になったと言える。

多くの週刊誌が創刊された昭和三〇年代に「週刊新潮」も昭和三十一（一九五六）年に創刊されるが、その第三号から毎回読み切りの短編小説として掲載された『眠狂四郎無頼控』は、

『眠狂四郎』シリーズ

昭和三十三（一九五八）年まで連載された。その後、続編として『眠狂四郎無頼控続三〇話』が昭和三十四（一九五九）年に「週刊新潮」に連載される。これ以降も昭和三十六（一九六一）年に『眠狂四郎独歩行』が、昭和三十八（一九六三）年から昭和三十九（一九六四）年にかけては『眠狂四郎殺法帖』が、また昭和四十一（一九六六）年には『眠狂四郎孤剣五十三次』が同じく「週刊新潮」に連載された。『眠狂四郎』シリーズで書かれた原稿（四百字詰め）の枚数は優に一万枚を超えると言われている。ここでは、『眠狂四郎無頼控』を中心に見ていきたい。

週刊新潮　70

霧人亭異変

眠狂四郎無頼控　—第二話—

柴田錬三郎

鴨下晁湖 画

「眠狂四郎無頼控」第2話
「週刊新潮」昭和31年5月15日 新潮社

　ところで、なぜ『眠狂四郎』シリーズはこのような人気シリーズとなったのだろうか。理由は幾つか考えられる。まずは、忙しい現代人の読書に相応しく、このシリーズが読み切りの短編小説であったこと、また短い物語でありながら、結末でドンデン返しがあるなどの、プロットの工夫が効果的になされていたことなどが挙げられる。また、すでに『異常の門』を扱ったところで、小説には「宝探し」の要素を入れると読者も面白がるし、書く方も書きやすくなる、と柴田錬三郎が語っていたことに触れたが、『眠狂四郎』シリーズにもその「宝探し」の要素が織り込まれていたことも、効果的であった。

　その「宝探し」とは、本丸老中筆頭である水野忠也《ただなり》と西丸老中水野忠邦《ただくに》との間で繰り広げられる、将軍家拝領の小直衣雛《このうしびな》をめぐる争奪の争いである。この雛は水野忠邦が将軍家より拝領したものであるが、眠狂四郎はその雛の首を切ってみろと水野忠邦を挑発したのである。紊乱《びんらん》した幕政の改革をするためには将軍家斉《いえなり》を倒すくらいの覚悟を持つべきで、「将軍家拝領の雛の首を断つ勇気がなくて、なんの改革の大志ぞ！」、と眠狂四郎は水野忠邦に直言したのである。水野忠邦はその挑発に乗って、雛の首を刎《は》ね、「改革の大志」のあるところを眠狂四郎に見せたのであるが、以後この雛をめぐって水野忠邦と水野忠也との間で争奪の闘いが展開する。

　言うまでもなく、将軍家拝領の雛の首を刎ねたことが露見すれば、水野忠邦の失脚に繋がることは明らかであり、ライバルの水野忠也はこの雛を探し出そうとし、他方の水野忠邦はそうはさせまいとするのだが、その雛の所在がわからなくなったりもして、この雛をめぐる話が「宝探し」の要素である。これが全短編を貫く縦糸となって物語を展開させていく。

そうではあるのだが、やはり『眠狂四郎』シリーズの魅力の中心は、眠狂四郎の人物像とさらに彼の剣法にあったと言える。まず、彼の人物像であるが、多くの場合、誤解されて受け止められているのではないかと思われる。その誤解は、映画の主人公役を務めた男優のイメージから来るものだったのかも知れない。たとえば、文芸評論家の秋山駿は「剣の魅力と柴田錬三郎」(『柴田錬三郎時代小説全集』第一巻・解説〈新潮社、一九六五・一一〉で眠狂四郎の人物像について、

「彼はだれからも愛されないが、彼もまただれをも愛そうなどと思わない。彼は自分一人だけの掟を守り、それ以外では平然と女を犯し、平然と人を斬る。そして彼がいつも帰っていくところは自分の親しい心内の虚無の一点だ」

と述べている。澤辺成徳も『無頼の河は清冽なり　柴田錬三郎伝』(集英社、一九九二・一二)で、眠狂四郎は

「女も平然と犯す、悪人と知りつつ加担する」

と述べている。だが、本当にそのように言えるだろうか。

　おそらく一般においても、眠狂四郎はそのようなイメージで受け止められているかも知れないが、しかしそれは大きな誤解である。たしかに狂四郎が登場した当初の短編ではそういうところも無くはなかったが、連載の回を追うごとに狂四郎は変貌してくるのであり、それもかなり早い回からである。

　秋山駿は、眠狂四郎は「平然と女を犯す」と述べているが、なるほど初回において狂四郎は水野忠也側の間者《かんじゃ》として水野忠邦に接近した美保代を狂四郎は

「眠狂四郎無頼控」第61話
「週刊新潮」
昭和32年7月1日 新潮社

「眠狂四郎無頼控」第64話
「週刊新潮」
昭和32年7月22日 新潮社

犯したのである。ただ、これは武術のできる美保代が眠狂四郎を襲ってきて、それを狂四郎が取り押さえての行為であった。しかもその時、狂四郎は美保代に言っている、

「（略）間者は、いかなる屈辱をも、あまんじて受けるべきであろう」

と。つまり、その行為は相手が攻撃したことに対しての報復としてあったのである。以後も、狂四郎が女性と関係を持つ場合には、報復もしくは取り引きとして、すなわち何かの対価としての関係であって、欲望の赴くままの行為ということはないのである。

取り引きの場合では、女性が眠狂四郎に攻撃を仕掛けてきたとき、〈もし自分が勝ったら、女の操を貰うことになるが、それでもいいか〉と、予め言わば契約を取り交わしているのである。「平然と女を犯す」というのとは違っている。また、相手が思ったより幼かったりすると、狂四郎は行為に及ぼうとはしない。「第三十九話海賊村」には、

「狂四郎に、その衝動を抑えさせたのは、娘の寝顔の意外なほどのあどけなさであった。／「もうよい。起きろ」」

とある。狂四郎が「平然と女を犯す」というのは、やはり間違いである。このことを強調しておきたい。

さらに言うなら秋山駿は、

「彼はだれからも愛されないが、彼もまただれをも愛そうなどと思わない」と述べているが、これも本当にそうだろうか。先に見た美保代は眠狂四郎が最初の出会いで見惚れた美女であったが、後に狂四郎の妻となり、美保代は結局は胸を患って早世してしまう。その美保代から狂四郎は愛されたのである。それは狂四郎においても同様であって、

「――おれは、美保代に惚れている！　美保代はおれのものだ！」（「第四十話　将軍の微笑」）

と思うようになる。狂四郎は美保代を愛し、美保代からも愛されていたのである。

このように眠狂四郎は、実は情感のある人物であるが、眠狂四郎のニヒリスティックなイメージだけが一人歩きしていて、高名な文芸評論家までそのような先入観で狂四郎を捉えていることがわかる。もちろん、狂四郎の中に虚無があったことは確実である。狂四郎が日本人の母と転び伴天連を父に持つ人物であり、まず、「異端の貌《かお》」の容貌は、彼に生き難さを感じさせたであろう。また、ひっそりと二人暮らしをしていた母親を少年時に亡くして、狂四郎は孤独のまま大人になったのである。そのような生い立ちを持つ青年

が人生に対して健やかな希望を持つのは難しいであろうし、対世間的な疎外感もあったと思われる。そういう青年は、世の中やまた自分の人生に対しても、心理的に距離を取って冷めた姿勢で生きて行こうとするであろう。その冷めた姿勢が、すなわち狂四郎の虚無だと言える。

だが、その虚無でもって眠狂四郎の人物像を蔽《おお》ってはならないのである。何よりもまず、狂四郎は優しい男なのである。その優しさは、彼が子どもに接する時によく表れている。たとえば、

「狂四郎は、ふっと胸が熱くなった。彼の心が人間らしい感動で顫《ふる》えるのは、子供たちの遊戯を眺める時だけである」（「第四話　踊る孤影」）

と。また『眠狂四郎独歩行』でも、

「この眠狂四郎も、人間らしい感動をおぼえるのは、子供が無心に遊んでいる姿を見かける時だけである」（「第十五話　恋ぐるま」）

と語られている。この「人間らしい感動」は、子どもを見るときだけでなく、母や美保代など愛する人たちに対するときも、そうなのである。

「第五十二話　異端の貌」では、自分と同じ「異邦の血を享《う》けた」遺児を、眠狂四郎は自らの子ども（養子）として育てることにする。実際にはまだ元気だった頃の美保代が育てるのだが、こうなるとますく狂四郎は、これま

で言われてきたような無頼の徒でもなければ、冷ややかなニヒリストでもないと言わざるを得ないであろう。このことについて柴田錬三郎は、最初は眠狂四郎を「徹底的な悪党」にするつもりで書き始めたのであったが、そうはならなかったとして、こう語っている。すなわち、

「私自身、眠狂四郎が女を犯さなくなり、分別くさい傾向を示していることに、嫌悪をおぼえているのである」（『地べたからもの申す　眠堂醒話』新潮社、一九七六・五）

と。

先にも指摘したことだが、「分別くさい傾向」が出て来たのは、早い時期からなのであり、たとえば「第十七話　処女侍」では、理不尽な言いがかりをつけられた青年侍とその許嫁を、眠狂四郎は助けているのである。この話は眠狂四郎が人情味のある人間だけではなく、けっこう正義

「眠狂四郎無頼控」第65話
「週刊新潮」昭和32年7月29日 新潮社

派でもあることを示している。つまり、連載の早い時期から眠狂四郎は言わば〈いい奴〉だったのである。

もちろん、眠狂四郎には正義のヒーローというイメージはないだろう。実際にも諸編を読んでも、そのイメージは出てこない。多くの場合、正義のヒーローたちは自分には絶対の正義があると固く信じていて、それが独善に陥る場合も多々あるということに気づいていない。それに対して狂四郎の剣は、そのような独善から抜け出たところで、言わば惻隠《そくいん》の情から弱者を救うために抜かれるのである。だから彼の剣は、やはり正義の剣ではあるのだ。狂四郎自身こう語っている、

「わたしという男は、対手が悪党でない限り、自ら進んで刀を抜いたことは一度もない。これは、無頼者のわたしが、ただひとつ、おのれの心をいつわらずに言明できることとだ」(「第五十七話　おろか妻」)

と。

こうして見ると、一見、冷徹なニヒリストのようであるが、実はそうでなく、暖かい心情を持っているのが、眠狂四郎の本当の人物像である、と言えそうである。『眠狂四郎無頼控』はほとんどが三人称で語られているが、幾つかの短編は狂四郎が知り合った薬屋の一人語りで語られている。その中で薬屋

はたとえば眠狂四郎について、こう語っている、
「なんともいえぬ親しみが、てまえの方に湧いて居りましたのも、お心の底にお持ちになっているあたたかいものが、知らず知らず、てまえの胸にかよったからではありますまいか」（「第七十一話　遺言賭博」）
と。

このように、眠狂四郎は独善的な正義派ではむろんないが、しかし弱者や子どもに心優しい人物であり、悪党に対しては果敢にその剣を抜く、やはり根本は正義派の剣豪なのである。だから狂四郎は、後に貧者救済のために義挙に及んだあの大塩平八郎とは互いに人物を認め合う友人同士であったり、貧民の苦難に心を傾ける、義賊の鼠小僧次郎吉からは慕われていて、その次郎吉とは一種の主従のような関係だったりするのである。柴田錬三郎は、狂四郎を「徹底的な悪党」どころか、その反対の側の人物として造形しようとしているのである。

もっとも、眠狂四郎の胸の底に虚

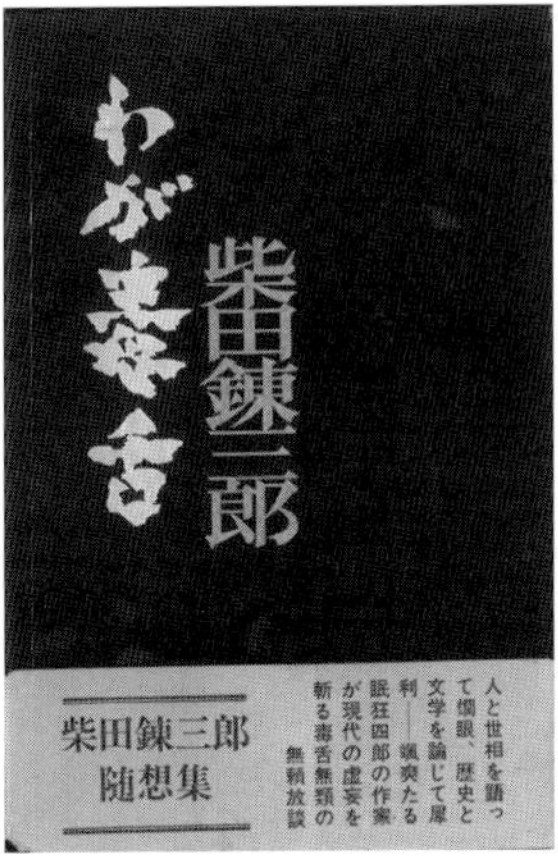

『わが毒舌』題字 柴田錬三郎
昭和39年6月 光風社

無の思いが流れていたことは、否定できないでろう。前述したように、それは彼の生い立ちから来る、人生に対する姿勢から窺うことができる。しかし、いわゆるニヒリストかと言えば、決してそうではない。たとえば「第十八話　嵐と宿敵」で、墓参りをした狂四郎は、雷鳴と豪雨にさらされたとされているが、それらが

「狂四郎の五体にふしぎな強烈な刺激を与え」、狂四郎には「いきいきとした野生の力が、四肢に満ちあふれるような――いわば、おのれ自身の生命力を、新鮮な、瑞々しいものに見る思いが湧いてきた」とされ、狂四郎は「――おれは生きている！」という思いであった

と語られている。

こんなふうに思うような人間は、普通に

『わが毒舌』見返し　　画 柴田錬三郎

言われるニヒリストでは決してない。もっとも、ニーチェが想定したツァラトゥストラのような、ニーチェ言うところの能動的ニヒリズムの実践者ならば、その限りではないだろうが、狂四郎の場合、そういう問題とは無縁である。

そう見てくると、眠狂四郎を虚無の剣士として造形しながらも、他方ではそれと矛盾するような人物造形もされているということになり、虚無やニヒリズムというものを柴田錬三郎がどのように認識していたのか、その理解のあり方に少々疑念を持たざるを得ないかも知れない。しかしながら、眠狂四郎にこのような矛盾や曖昧さがあるところも、多くの読者ファンを獲得した理由の一つであると考えられる。もちろん、私たち読者は、やはり時代小説のヒーローはヒュウマンな人物であって欲しいのだと言えるが、しかし現代人は単純で独善的な正義派には付いていけないであろう。狂四郎のように、屈折したニヒルな内面を抱えつつ最終的には正義の側に立つヒーローこそ、同じように屈折が無くはない現代の読者は、歓迎するのである。

『眠狂四郎虚無日誌』
昭和44年11月 新潮社

さて、『眠狂四郎』シリーズが人気があった理由には、さらには彼の必殺剣法である円月殺法の鮮やかさもあったと考えられる。引用が長くなるが、次にその円月殺法についての叙述を見てみよう。

「刀尖《とうせん》は、爪先より、三尺前の地面を差した。そしてそれは、徐々に、大きく、左から、円を描きはじめた。男の眦《まなじり》が避けんばかりに瞠《ひら》いた双眸《そうぼう》は、まわる刀尖を追うにつれて、奇怪なことに、闘志の色を沈ませて、憑かれたように、虚脱の色を滲《にじ》ませた。／刀身を上段に——半月のかたちにまでまわした刹那《せつな》、狂四郎の五体が、跳躍した。／男のからだは、血煙りをたてて、のけぞっていた。／眠狂四郎の剣が、完全な円を描き

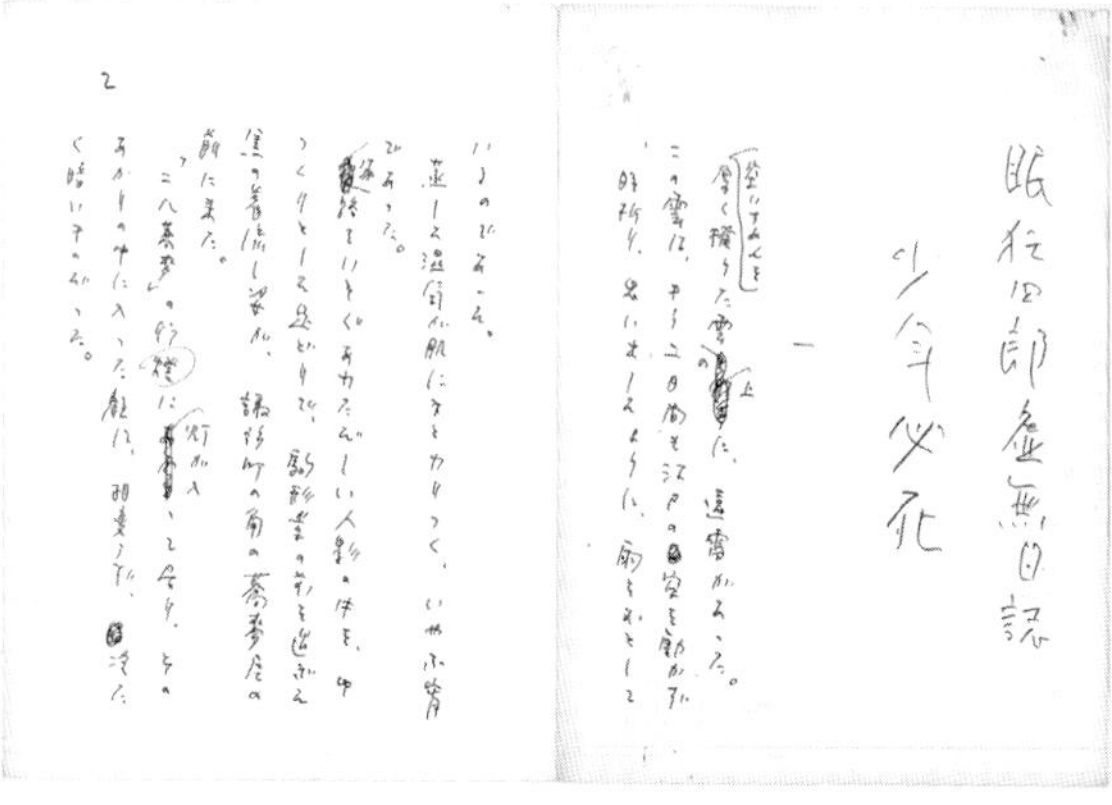

「眠狂四郎虚無日誌」原稿、冒頭部分

終わるまで、能くふみこたえる敵は、いまだ曽て、なかったのである。」（第一話　雛の首」）

これが、トンボの眼の前で指をクルクル回すと、トンボが眼を回すという話からヒントを得たという円月殺法である。剣の鋒《きつさき》を足下に下ろして徐々にその鋒が円の弧を描き始めるという、この円月殺法は、剣の鋒をまっすぐ相手の眼に向ける正眼の構えが、太刀さばきにおいて最も融通の効く構えだとすれば、スキだらけの荒唐無稽な剣法のように思われるかも知れない。たしかに、言わば劇画的な剣法の一面もあるが、しかし意外に日本の剣法の奥義を押さえた剣法のようなのである。小島英熙は『剣豪伝説』（新潮社、一九九七・五）で円月殺法について、（柴田錬三郎が）

「醒めた眼でみれば滑稽としか言いようがない剣法を編み出さざるを得なかった苦心は、剣の深奥にも触れる問題を含んでいるのである」

と語っている。

大森曹元は、無刀流の創始者である山岡鉄舟の著作『剣法真偽弁』に触れて『増補　剣と禅』（春秋社、一九七三・一一）で、こう述べている。剣法における

「自由なはたらきは、構え太刀に拘泥《こうでい》している分際ではできないことで

ある。一切の構えを解脱したまろぼし（転）の道、すなわち、身も心も太刀も一つになって、円い球が盤上を転ずるように、対象に随って円転自在にはたらく自然必勝の道の体得者であって、はじめて能くし得るところである」（傍点・原文）

と。やはり、正眼の構えのような「構え太刀」ではなく、「円転自在」なあり方を良しとしている。構えは往々にして型に囚われてしまい、その場合には、剣は固着しがちになるから、日本の剣法では最も嫌われるわけである。そして、やはり「円」が良いのである。

柳生新陰流の柳生宗矩も、主に剣士の心構えに関してであるが、『兵法家伝書』（渡辺一郎校注、岩波文庫、一九八五・八）でこう語っている。

すなわち、「何事も心の一すじでとゞまりたるを病とする也」、「病気と云ふは、着《ちやく》也」、「心の病とは、心のそこくにとゞまるを云ふなり」、「心が一所にとゞまりたらば、兵法にまくべき也」

と。そして、

「心がてんずる」ことが大切であり、「心を一所にとゞめぬ様にするが、簡要の事也」

として、柳生宗矩はその心の状態のことを

「自由自在をする也」

と述べている。柳生流においても、やはり、「着《ちゃく》」、すなわち固着や執着のあり方、すなわち心が「とゞまる」ことを嫌うのである。現代の代表的な武道家である甲野善紀も、『剣の精神誌　無住心剣術の系譜と思想』（新曜社、一九九一・四）で、

「こだわりなく自然に対応すること」

を良しとしている。

眠狂四郎月下吟　壺
錬三郎が書き付けたもの

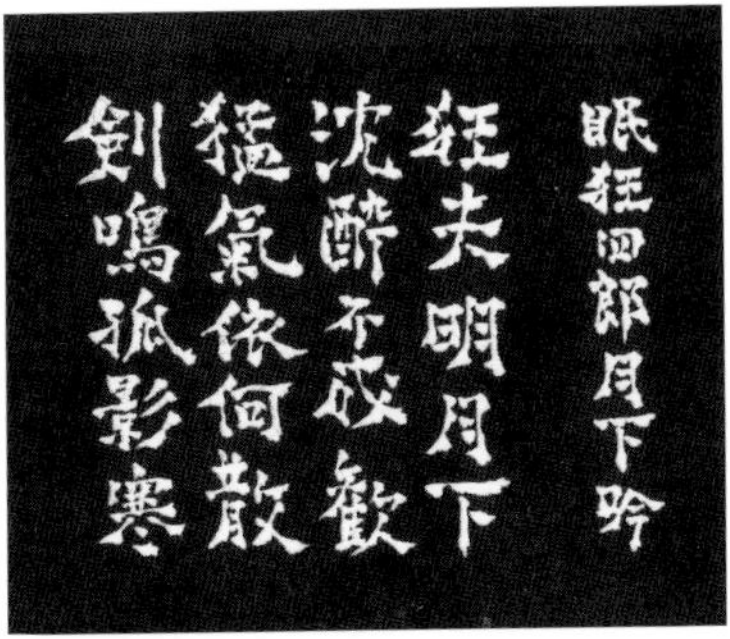

「眠狂四郎無頼控」のなかで、
狂四郎が妻・美保代に送った絶句

興味深いのは、甲野氏が『身体を通しての〝学び〟の原点　武術を語る』（壮神社、一九八七・一〇）で述べている自らの「溶暗技法」が、円月殺法に近いものがあることだ。甲野氏によれば、その技法は

「どうしても相手がつられる、誘導されてくる」ものであり、「相手を従わせる、説得する、といった種類の動きともいえる」技法である。

これは、剣の円運動によって相手が打ち込んで来ざるを得なくする円月殺法に通じるであろう。つまり、両者に共通するのは、相手は自分の意志で打ち込んでいると思っているのであるが、実はうまく「誘導」されているということである。

また、甲野氏によれば、大正から昭和にかけての剣道界で重鎮であった根岸新五郎という人は、

「剣道とはいきつくところ催眠術である」

と語ったそうであるが、「催眠術」というのは相手を「誘導」することの重要性を述べた言葉であろう。円月殺法について、相手を「一瞬の眠りに陥らせて」と小説中でよく説明されているが、これはまさに「催眠術」であろう。

そして、これまで見てきたように、日本の剣法においては執着や固着が嫌われるのであるが、この無執着のあり方は、眠狂四郎の虚無的精神に通うも

のであると言えよう。徹底したニヒリズムというのではないが、その虚無はやはり結果として無執着なあり方となっているわけである。それはまた、禅における解脱の状態にも似ていなくはない。「第九十六話　桃花無明剣」では狂四郎の剣について、

「ふしぎなのである。／この静かな、禅心に似た心のおちつきぶりは——」

と語られている。

因みに、剣禅一致（剣禅一如《いちにょ》）ということが言われることがあるが、それはともに無執着を良しとする点において相通じるものがあるからだと言える。ただ、その一点においてのみ相通じるだけであって、剣は人を殺傷することを目的としている武道であり、他方、禅さらには大きく言えば大乗仏教は慈悲の心を最重要視するわけであって、両者は根本的には一致しないものである。そのことは次に見る『決闘者　宮本武蔵』に明らかに語られている。

『決闘者　宮本武蔵』は「週刊現代」に連載され、その「少年篇／青年篇」は一九七〇年一月一日から一九七一年四月八日まで、「壮年篇」は一九七二年一月一日から一九七三年三月八日まで掲載された。以下、ここでは『決闘者』の略称を用いる。

五　『決闘者　宮本武蔵』

日本人の宮本武蔵像を形成したのは、吉川英治版『宮本武蔵』（一九三五・八・二三〜一九三九・七・一一）であるが、この著作には史実と異なる叙述がたくさんある。たとえば、武蔵の永遠の恋人とも言うべきお通であるが、実際にはそんな人物はいなかったし、また沢庵和尚が武蔵に修業の示唆を与えたことになっているが、これも実際には二人の出会いは無かった可能性が高い。赤羽根龍夫が『宮本武蔵を哲学する』（南窓社、二〇〇三・一〇）で述べているように、吉川英治のものは、武蔵が三〇歳くらいから『五輪書』を書いた晩年に至る求道の後半生を、少年時から二九歳までの前半生に投影させて書かれているのである。さらには、武蔵の伝記として多分にフィクションが多いとされている『二天記』を大いに参考にして書かれているのが、吉川英治版『宮本武蔵』である。その像とは、つまりは剣禅一如の境地に向かって修業する武蔵である。

しかし、柴田錬三郎の描く宮本武

『決闘者宮本武蔵壮年篇』
昭和48年7月 講談社

蔵は、そのような求道者ではない。その点で柴錬版武蔵の方が実像に近いと言える。もっとも、『決闘者』にもかなりのフィクションが導入されている。たとえば、『決闘者』では、武蔵の父の平田無二斎は、武蔵の実際の父親を殺し、母親を犯そうとした人物として登場し、幼かった武蔵は無二斎を討とうとして誤って母の喉を刺して死なせてしまうことになっているが、これらはすべて虚構である。おそらく、武蔵に異常な幼児体験をさせることで、武蔵が並外れた剣士であったことの一つの素因にしようとしたと考えられる。

そのような虚構は、他にも、たとえば武蔵が真田幸村と出会ったことになっていたり、猿飛佐助も登場するし、例の沢庵和尚も出てきて武蔵と交渉を持っている。さらには武蔵と吉岡一門との有名な一条下り松の決闘の場には、佐々木小次郎も来ていて決闘を覗《のぞ》き見ていたとされている。さらには『五輪書』は武蔵が書いたのではなく、弟子の伊織が書いたものとされ、二天一流も武蔵ではなく伊織が創始したことになっている。

このように『決闘者』には、大胆な虚構化がなされているのであるが、しかし武蔵像という点では、前述したように吉川英治の武蔵像よりも実像に近いと言える。禅的な吉川版武蔵では仏像作りは

「無我の境地から、弥陀の心に近づこうとするためにほかならない」

とされているが、『決闘者』では自分の犠牲になって死んだ二人の娘を供養するためであったと語られている。

つまり、柴錬版武蔵は私たち普通人の心性に近いものを持つ剣豪であるが、この武蔵像の方が実像に近いと思われる。だから、あまりに禅的な吉川版武蔵に対して、柴錬版武蔵はけっこう世俗的でもあって、久し振りに宮本村に帰った武蔵は、農民を集めて自分が「宮本村の長・新免家の当主武蔵である」と名乗った後、兵法修業に出るための金を徴収している。慈悲深い当主とも言えないのである。

また、吉川版武蔵は極めて禁欲的であるが、柴錬版武蔵は性欲の発散も適度に行う若者なのである。この点も実像に近いと思われる。加来耕三も『「宮本武蔵」という剣客〈その史実と虚構〉』（NHKブックス、二〇〇三・一）で、

「武蔵は禁欲的でなかったと考えられる」

と述べている。つまり、『決闘者』の武蔵は、剣の技量を除いては、普通人

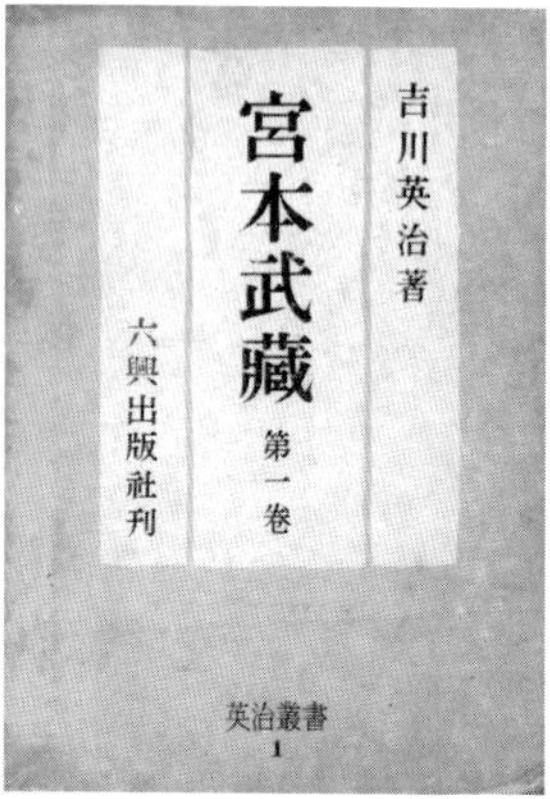

『宮本武蔵』吉川英治
昭和24年3月 六興出版社

に近い若者である。しかし、剣に関することとなると、その武蔵はまさに異能者になるのである。それは一種の野獣になることでもあった。だから、宮本武蔵が強かったのは、精神修業を積んでいたからではなく、彼に野性があったからだというのが、柴田錬三郎の解釈である。

つまり、柴錬版宮本武蔵とは、抜群の運動神経と剣の技量を持ち、且つ勝負に対しての執着心と闘争心は人一倍にあるが、それ以外はむしろ凡夫に近いのである。佐々木小次郎との決闘の後、剣禅一如の精神で剣の道を究めようとしている剣客の先心洞幻夢の影響を受けているとされる伊織が、剣の試合において策略など用いる必要はないのではないかと問いかけると、武蔵は小次郎に勝つには策略が必要であったと答え、「勝つべくようにして勝って、なにがわるい？　これが宮本武蔵の兵法だ」と「云い捨てる」のである。

禅味が強すぎる、吉川英治版の武蔵とは対蹠《せき》的に、剣禅一如の精神とは関わりがなかったというのが、柴錬版武蔵である。繰り返し言うと、実際の宮本武蔵は吉川版ではなく、柴錬版の方に近かったと考えられる。たとえば、禅味があるかのように思われているところもある『五輪書』には、たしかに「空之巻」という題目の巻があって、禅と関わりがあるかのようである。また、その「空」についても「ある所をしりてなき所をしる、是即ち空也」と言われ、これは「道理を得て道理をはなれ」（「地の巻」）るとされている。これは剣における自在な姿勢を言い表していて、その自在さがたしかに禅仏教の精神と関わりなくはないが、しかしながら、その「空」を仏教の空の認識と関係づける必要などないと言える。

こうして見てくると、殺人の術である剣法とその修業などを、慈悲の宗教である大乗仏教の、その内の禅仏教の精神に結びつけたり、あるいは柳生宗矩のように、剣法には「殺人刀」と「活人剣」とがあって、修行者は須《すべから》く「活人剣」を習得すべきであるとするような、剣法における道学臭に対する反発が、柴田錬三郎の中に大きなものとしてあったと言える。それはまた、偽善的で欺瞞的なもの、まやかしに対しての反発でもあった。

吉川英治の『宮本武蔵』は、多分に柳生新陰流的に解釈された武蔵像と言えるが、この小説は軍国主義が進行しつつある昭和十年代前半の時期に連載されたものであった。吉川版『宮本武蔵』は、その軍国主義的な風潮と言わば親和的であったわけで、吉川版『宮本武蔵』に対する反発は、柴田錬三郎の中では戦中の軍やその軍国主義に対する批判と結びついていた。だから、吉川版『宮本武蔵』は柴田錬三郎にとっては、単なるシゴキを訓練と言い、イジメを教育と言い、敬《うやま》えない上官を父、兄と思えと言い、死ぬことを喜べと言った旧日本軍を連想させるものだったと考えられる。

旧日本軍や軍国主義に対する批判は、すでに見たように『図々しい奴』（「週刊明星」、一九六〇・一〜一九六一・六）でも語られているが、そのまやかしの精神主義に対する批判は、『決闘者』のような時代小説でも表れているのである。ダンディー柴田錬三郎の反骨精神である。そのような吉川版『宮本武蔵』に対する反発は十分に了解できるものであるが、その反発が強すぎたためか、柴錬版の宮本武蔵は抜群の技能を持っているものの、内面は単純なスポーツマンになり終わってしまい、その点が『決闘者』の欠点と言える。そうではあるが、吉川英治版『宮本武蔵』に対して反措定を試みたことは大いに評価できよう。吉川英治の宮本武蔵にはやはり臭みがあるのである。

六　その後の時代小説と柴錬版『三国志』

柴田錬三郎は『眠狂四郎』シリーズを快調に書き進めながら、他方ではそれと平行して長編や短編の時代小説を数多く書いている。それとともに、『三国志　英雄ここにあり』（「週刊現代」、一九六六・一・一〜一九六八・一二・二六）と、「柴錬三国志」と銘打たれた『英雄生きるべきか死すべきか』（「週刊小説」、一九七四・五・一七〜一九七六・九・六）という、昔の中国を舞台にした、かなり長い小説を書いている。ここでは、その『三国志』ものと幾つかの時代小説について見ておきたい。それらは、天寿を全うしたとは決して言えない柴田錬三郎の、その晩年に書かれた小説群ということになる。

すでに見たように、『赤い影法師』では、真田幸村が大坂夏の陣以降も生きていて、徳川幕府に協力する仕事をしていたことになっていた。また『異常の門』は琉球国と関わりある財宝をめぐる物語であった。この両者の物語を接合させて、さらに奇想天外な展開と人物の配役となっている小説が、『人間勝負』(「東京新聞」、一九六三・一一・二四〜一九六四・一一・三)である。

たとえば、島原の乱の天草四郎時貞は実は女性であって、その女性は大坂夏の陣以後、薩摩の島津に身を隠した豊臣秀頼の娘であったとされている。『赤い影法師』の物語と同様に、夏の陣以後の真田幸村は徳川幕府に協力す

『三国志英雄ここにあり(上)』
昭和43年11月 講談社

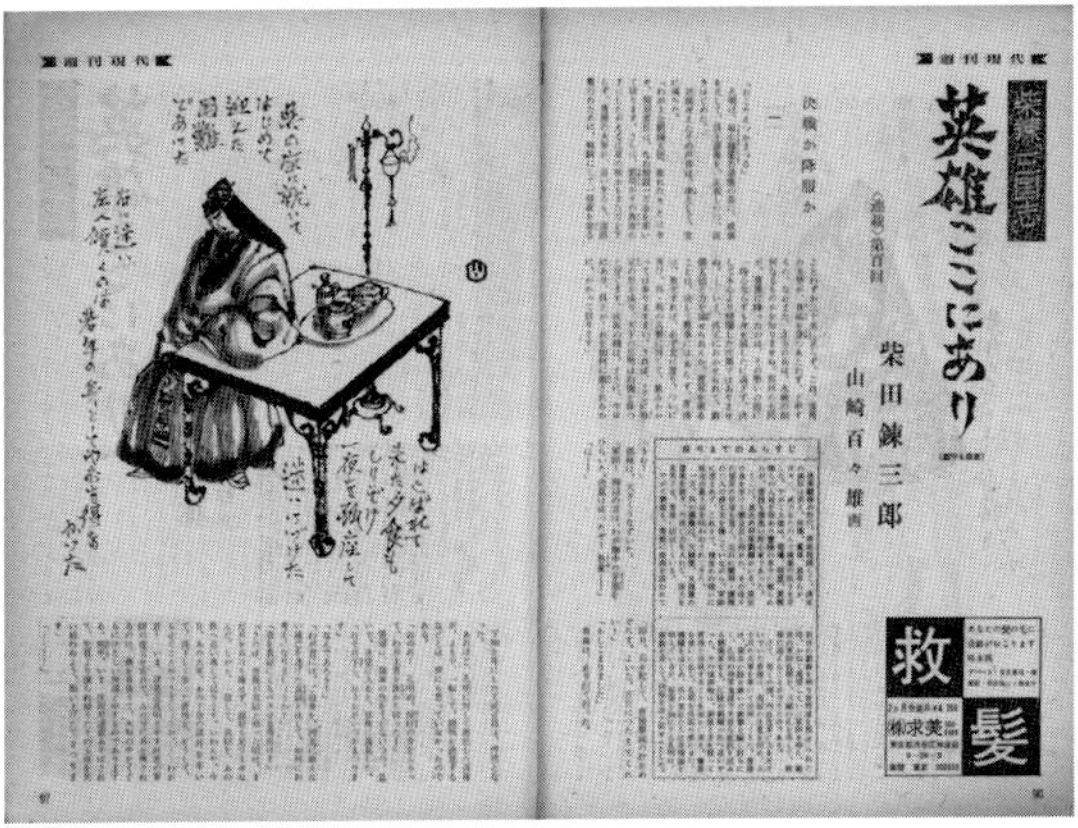

「英雄ここにあり」第100回
「週刊現代」昭和42年12月21日 講談社

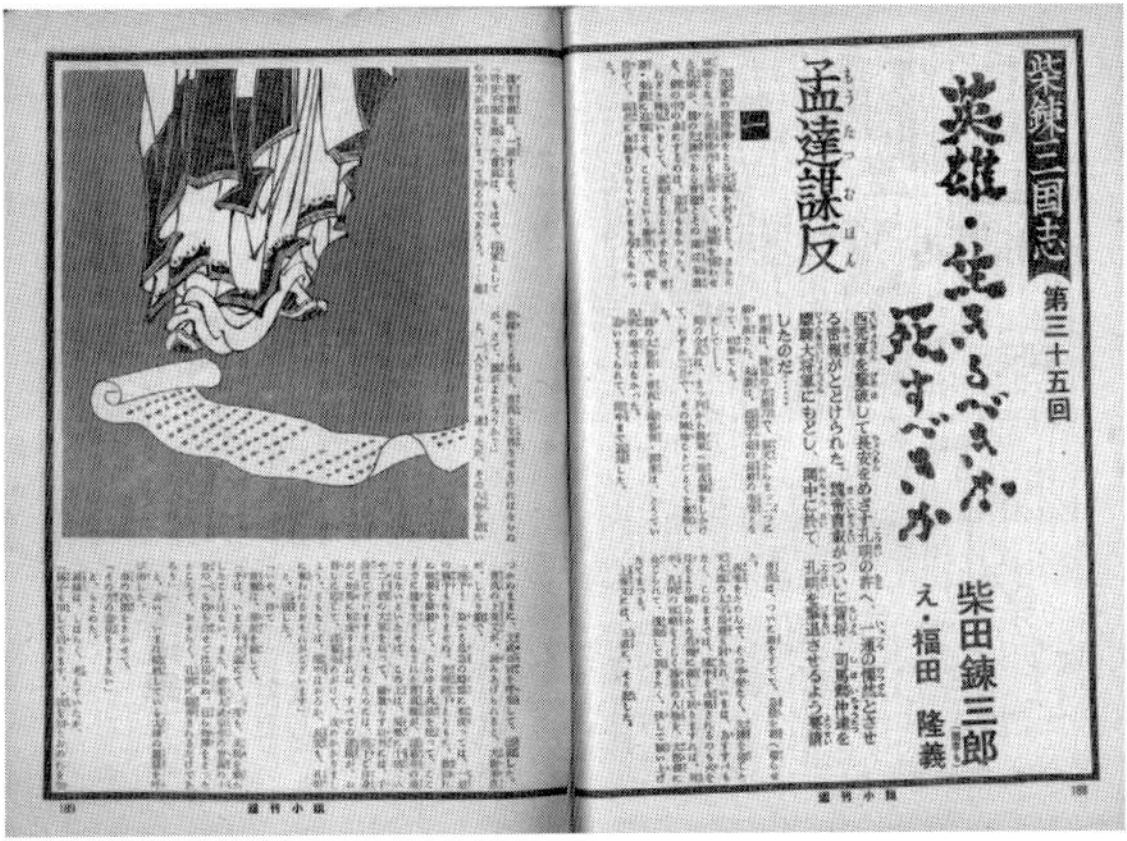

「英雄・生きるべきか死すべきか」第35回
「週刊小説」昭和50年1月17日実業之日本社

る武将として生存しており、武家諸法度は真田幸村の知恵を借りて作られたものとされる。そして真田幸村は、今は空知庵という隠居の身分になっているのだが、彼は琉球に自らが隠した豊臣家の財宝を持ち帰り、その半分は公儀に差し出し、残り半分を豊臣家崩壊とともに全国に散らばった約二〇万人と言われる浪人衆に分かち与えようとして、武芸のできる男五人と女五人に財宝の持ち帰りを命ずる。と言っても、十名が協力してそれを行うのではなく、財宝獲得のために男女のペアを互いに競争させることにしたのである。その男女十名の動きや空知庵の動向を、柳生但馬守宗矩《むねのり》はほぼ完璧に把握していた。そして、その情報の提供者が宗矩の息子である柳生十兵衛三厳《みつよし》であったとされる。

こう見てきただけでも、『人間勝負』は読者が喜びそうな歴史上の有名人を続々と登場させ、さらには彼らに驚くべき役回りをさせて、読者を喜ばせるだけでなく、その上に驚かそうともする柴田錬三郎の意図

『人間勝負（上巻）』
昭和39年12月 新潮社

が、十全に発揮された時代小説であったと言える。柴田錬三郎はエッセイ「ダンディズム論」（一九四八・六）の中で、

「重ねていえば、小説は「人を驚かす」のでいいのではないか」

と述べているが、『人間勝負』はまさにその通りの物語となっている。『人間勝負』は意外な展開と真相が語られていて、読者は大いに楽しんで読み進めていくことができる小説である。

『人間勝負』以後の小説で、剣士が主人公として剣の技を競う話が語られているのが、「週刊読売」に一九六六年一月七日から同年の一二月三〇日まで連載された『剣鬼』である。『剣鬼』にはまさに〈剣の鬼〉と言うべき剣士たちが登場するが、剣法をめぐる叙述ではこれまでの剣豪小説で見てきた以上の新味のある剣法論が展開されているとは言い難い。

たとえば「大峰ノ善鬼」では、伊藤一刀斎の「極意」である「無想剣」の境地とは、

「いうなれば、太刀を構えた瞬間、おのれは、水のごとく、形がないものとなり、敵の撃ちかかる刹那、それに応じて形をなす」

と語られている。

「水のごとく、形がないものとなり」

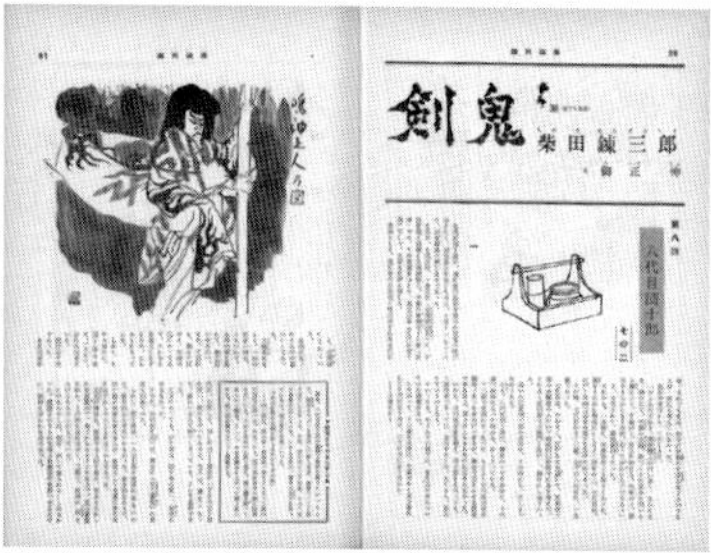

「剣鬼」第38話
「週刊読売」昭和43年9月20日
読売新聞社

『剣鬼第一編』
昭和40年8月 読売新聞社

というのは、これまでも見てきた、あの固着や執着、すなわち柳生宗矩が言う、「着」というものを嫌うあり方と同じであると言える。

　そのことを考えると、この頃から柴田錬三郎は、自身の小説の中で剣の技について叙述することについてマンネリズムを覚え始めていたかも知れないと想像される。もちろん、『眠狂四郎』シリーズはこの後も続けられているし、剣豪を扱った「日本剣客伝　小野次郎右衛門」（「週刊朝日」、一九六七・一〇・一三〜同・一一・一七）なども書かれてはいる。ただ、仕事の重点はこれまでとは違う方向に移っている。たとえば、一九六七年五月二二日から翌一九六八年九月二七日まで「報知新聞」に連載された『柴錬捕物帖　岡っ引どぶ』（以下、『岡っ引どぶ』）である。

『岡っ引どぶ』は、その題名の通り、犯罪小説あるいはミステリの性格を持っている。ミステリアスな要素を中心にした小説は、柴田錬三郎はすでに連作短編小説集『幽霊紳士』（文藝春秋、一九六〇・二）で試みているが、時代を江戸時代に移し、足で捜査する岡っ引のどぶと、どぶがもたらす情報に基づいて鮮やかな推理をする町小路《まちこうじ》左門とのコンビで、事件の謎が解き明かされる話である。

どぶの容貌については、

「まずい面である。／極端に目が小さい。鼻孔がひらいているし、口も大きかった。頤《おとがい》が張り出していて、恰度《ちょうど》将棋の駒の形をしている」

と随分と醜男《ぶおとこ》に書かれているが、他方で

「しかし、どことなく憎めない、むしろ愛敬《あいきょう》のある顔だちである」

とされている。それに対して、盲目の旗本である町小路左門は、高貴さを漂わせている「美男子」なのであるが、

「左門は、女も寄せつけなければ、酒もたしなまず、人との交際ももと

めようとせぬ」

という人物なのである。唯一の趣味は釣りのようだが、

「それも、でかけるのは、一年のうち、かぞえるほどしかない」

という生活をしている。

どぶは左門に全く心服していて、

「どうやら、事件の真相へ、どぶの手が、かかった時、左門の存在がたのもしいものとして、どぶの決断をささえるのであった」

とされている。探偵小説には、たとえばコナン・ドイルのシャーロック・ホームズのシリーズのように、ホームズとワトソンというコンビが登場する小説があるが、『岡っ引どぶ』もその一種と言えなくはない。しかし、『岡っ引どぶ』

『柴錬捕物帖 岡っ引どぶ』
昭和43年5月 講談社

『柴錬捕物帖 岡っ引どぶ（続）』
昭和43年11月 講談社

の場合、どぶと左門との二人は完全な分業に基づく協力態勢と言うべきであって、ホームズもののようにワトソンがホームズの推理の引き立て役として登場する小説とは異なっているのである。

　どぶは左門に心服し、左門はどぶを信頼していて、二人は支え合う友人のようなところがある。文芸評論家の川本三郎は『柴田錬三郎選集』（集英社、一九八九・九）の「解説」の中で述べているように、

「『岡っ引どぶ』は、ふたりのすぐれた男どうしの友情の物語として読むことができる」。


もちろん、このような組み合わせは、すでに『眠狂四郎』シリーズでの眠狂四郎と鼠小僧次郎吉との間にもあった。あるいは、『図々しい奴』（「週刊明星」、一九六〇・一・〇～一九六一・六・二五）における、主人公の戸田切人《きりひと》と岡山の鳥城城主伊勢田侯爵の「おん曹司」で「若様」と呼ばれている伊勢田直政との間にも、そのような関係が見られなくはない。彼らも男同士の友情で繋がっているところがあると読めるのである。

　『岡っ引どぶ』は、そういう要素を持つ物語であるが、左門とどぶが立ち向かうのは権力犯罪に対してである。たとえば、「白骨御殿」の物語では、公儀による密貿易の問題が扱われている。もちろん、どぶは権力の末端に位

置する「岡っ引」であるし、左門は旗本であるから、権力犯罪に立ち向かうと言っても、権力の中枢そのものに歯向かうことはできない。それは、眠狂四郎が老中と繋がっていたことと同様である。柴田錬三郎の小説の登場人物たちの多くは、完全なアウトローではなく、半身はインローなのである。その辺りのことは、注意されなければならないだろう。

さて、先に紹介したように、柴田錬三郎は『岡っ引どぶ』に前後して「柴錬三国志」の『英雄ここにあり』と『英雄生きるべきか死すべきか』を発表している。慶應義塾大学で中国文学を専攻した柴田錬三郎の素養に基づいた読み物となっている。柴田錬三郎は『三国志演義』の叙述を踏まえながら、そこに独自な解釈を加えて、物語を展開していっている。そして、何よりも「柴錬三国志」の主人公は諸葛亮孔明であり、孔明の死後も孔明の影響力は三国に及んでいるとされているのである。

『曲者時代』の原稿と愛用の万年筆

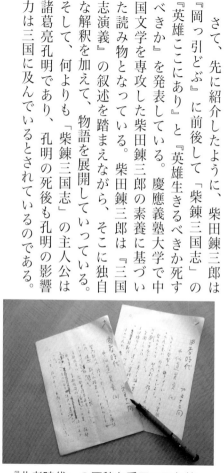

二つの「柴錬三国志」は実に面白い読み物となっていて、言わば昭和の新講談であり、柴田錬三郎の文学世界の新たな拡がりと可能性を感じさせる、かなりの長さの小説であった。しかし、残念なことに、柴田錬三郎はその可能性を十分に押し広げ展開させるところまでは至らず、鬼籍に入ったのである。膨大な著作を残し、とりわけ時代小説の分野では前人未踏の世界を切り拓いた文学者であったが、未だその業績については極めてわずかな鍬入れしか為されていないのである。今後の研究が待たれる。

『柴田錬三郎選集』全18巻
平成元年3月〜平成2年8月　集英社

あとがき

岡山県出身の作家の中で生家が残っているところは数少ない。備前市鶴海にある柴錬の生家は、旧家の風格にあふれた立派なもので、一時、空家になった時期もあったが、今ではゆかりの手で修復され、「旧柴田家住宅」として一般に公開されている。近くの公園には柴田錬三郎の文学碑もできている。

村始まって以来のわんぱく小僧だったという柴錬は、岡山二中の校友誌に創作を発表するなど文学に目覚めていった。純文学的な作品「イエスの裔」で直木賞を受賞し「眠狂四郎無頼控」の発表で一躍剣豪作家として人気を不動のものとした。わんぱく小僧が、なぜニヒリスト「眠狂四郎」を書くようになったかは謎だが、戦争体験だろう。乗り組んでいた輸送船が南方バシー海峡において撃沈され、戦友たちが次々と死んでいくのを見ながら七時間にわたって漂流した末、奇跡的に救出された。この体験は、大作家・シバレンをして「言葉では表現できない」と言わしめた。結果、独特の虚無的な作風を友とする作家を誕生させたのでは、と思えてならない。
岡山を捨てて上京したというが、故郷の鶴海の村には格別の愛着があった。思い出を綴った随筆は美しくまるでメルヘンの世界のように書かれている。作品には郷土愛を感じ取ることができるものも少なくない。『柴田錬三郎の世界』の中の作品は、模倣とは無縁の独創性豊かな作品群である。最後の文士といわれた柴田錬三郎の魅力を多くの人に知ってほしい。

熊代正英

参考図書

『無頼の河は清冽なり　柴田錬三郎伝』澤辺成徳　一九九二・一一　集英社
『備前市立東鶴山小学校創立130周年記念誌』　記念事業実行委員会（平成16年）
「柴田錬三郎略伝」備前市教育委員会・備前市立東鶴山公民館（平成15年）
『柴田錬三郎選集』一五巻～一八巻　一九九〇・五～八　集英社
「柴田錬三郎選集」月報一～一八　一九八九・三～一九九〇・八　集英社
『柴錬巷談　総輯篇』柴田錬三郎（集英社、一九七一・六）
『地べたからもの申す―眠堂醒話』柴田錬三郎（新潮社、一九七六・五）
『剣豪伝説』小島英熙（新潮社、一九九七・五）
『兵法家伝書』柳生宗矩（渡辺一郎校注、岩波文庫、一九八五・八）
『増補　剣と禅』大森曹元（春秋社、一九七三・一二）
『剣の精神誌　無住心剣術の系譜と思想』甲野善紀（新曜社、一九九一・四）
『身体を通して〝学び〟の原点　武術を語る』甲野善紀（壮神社、一九八七・一〇）
『宮本武蔵』吉川英治（朝日新聞一九三五・八・二三～一九三九・七・一一）
『宮本武蔵を哲学する』赤羽根龍夫（南窓社、二〇〇三・一〇）
『五輪書』宮本武蔵（渡辺一郎校注、岩波文庫、一九八五・二）
『「宮本武蔵」という剣客〔その史実と虚構〕』加来耕三（NHKブックス、二〇〇三・一）

編著者略歴

熊代正英（くましろ　まさひで）
1953年岡山市生まれ。中国銀行を経て、現在、（公財）吉備路文学館副館長・学芸員。「夏目漱石」「木山捷平」「薄田泣菫」「竹久夢二」「藤原審爾」等の各特別展を企画。
『吉備路をめぐる文学のふるさと』を共同執筆。
『岡山の夏目金之助（漱石）』を共同執筆。

綾目広治（あやめ　ひろはる）
1953年広島市生まれ。現在、ノートルダム清心女子大学文学部教授。専門は日本近代文学。近著に『松本清張　戦後社会・世界・天皇制』（御茶の水書房、2014年）、『教師像―文学に見る』（新読書社、2015年）、『柔軟と屹立　日本近代文学と弱者・母性・労働』（御茶の水書房、2016年）がある。

岡山文庫　308　柴田錬三郎の世界

平成29（2017）年10月22日　初版発行

編著者　熊代 正英　綾目 広治
発行者　塩　見　千　秋
印刷所　株式会社三門印刷所

発行所　岡山市北区伊島町一丁目4-23 日本文教出版株式会社
電話岡山（086）252-3175（代）　振替01210-5-4180（〒700-0016）
http://www.n-bun.com/

ISBN978-4-8212-5308-1

201. 総社の散策・神野力・葛原克人・加藤信二
202. 岡山の路面電車・楢原雄一
203. 岡山ふだんの食事・鶴藤鹿忠
204. 岡山のふるさと市・倉敷ぶんか倶楽部
205. 岡山の流れ橋・渡邉隆男
206. 岡山の河川拓本散策・坂本亜紀児
207. 備前を歩く・前川満
208. 岡山言葉の地図・今石元久
209. 岡山の和菓子・太郎良裕子
210. 吉備真備の世界・中山薫
211. 柵原散策・片山薫
212. 岡山の岩石・野瀬重人・沼野忠之
213. 岡山の能・狂言・金関猛
214. 岡山の鏝絵・赤松壽郎
215. 山田方谷の世界・朝森要
216. 岡山おもしろウオッチング・おかやま路上観察学会
217. 岡山の通過儀礼・鶴藤鹿忠
218. 日生を歩く・前川満
219. 備北・美作地域の寺・川端定三郎
220. 岡山の親柱と高欄・渡邉隆男
221. 西東三鬼の世界・小見山輝
222. 岡山の花粉症・三好・難波・岡野・山本
223. 操山を歩く・谷淵陽一
224. おかやま山陽道の拓本散策・坂本亜紀児
225. 霊山熊山・仙田実
226. 岡山の正月儀礼・鶴藤鹿忠
227. 原子物理学の父 仁科芳雄・井上泉・イシイ省三
228. 赤松月船の世界・定金恒次
229. 邑久を歩く・前川満
230. 岡山の宝箱・臼井洋輔・臼井隆子
231. 平賀元義を歩く・渡部秀人・竹内佑宜
232. 岡山の中学校運動場・奥田澄二
233. おかやまの桃太郎・市川俊介
234. 岡山のイコン・植田心壮
235. 神島八十八ヶ所・坂本亜紀児
236. 倉敷ぶらり散策・倉敷ぶんか倶楽部
237. 作州津山 維新事情・竹内佑宜
238. 坂田一男と素描・妹尾克己・イシイ省三
239. 岡山の作物文化誌・臼井英治
240. 児島八十八ヶ所霊場巡り・倉敷ぶんか倶楽部
241. 岡山の花ごよみ・前川満
242. 英語の達人・本田増次郎・小原孝
243. 城下町勝山ぶらり散策・橋本惣司・倉敷ぶんか倶楽部
244. 高梁の散策・朝森要
245. 薄田泣菫の世界・黒田えみ
246. 岡山の動物昔話・立石憲利・江草昭治
247. 岡山の木造校舎・河原馨
248. 玉島界隈ぶらり散策・小野敏也・倉敷ぶんか倶楽部
249. 岡山の石橋・北脇義友
250. 哲西の先覚者・加藤章三
251. 作州画人伝・竹内佑宜
252. 笠岡諸島ぶらり散策・NPO法人かさおか島づくり海社
253. 磯崎眠亀と錦莞莚・吉原睦
254. 岡山の考現学・おかやま路上観察学会
255. 「備中吹屋」を歩く・前川満
256. 上道郡沖新田・安倉清博
257. 続・岡山の作物文化誌・臼井英治
258. 土光敏夫の世界・猪木正実
259. 吉備のたたら・岡山地名研究会
260. いろはで綴る ボクの子供事典・赤枝郁郎
261. 民話の里 鏡野町伝説紀行・立石憲利・片田知宏
262. 笠岡界隈ぶらり散策・ぶらり笠岡友の会
263. つやま自然のふしぎ館・森本信一
264. 岡山の山野草と野生ラン・小林克己
265. 文化探検 岡山の甲冑・臼井洋輔
266. ママカリ ヒラに まったりサーラ・窪田清一
267. 岡山の駅舎・河原馨
268. 守分 十の世界・猪木正実
269. 備中売薬・土岐隆信・木下浩
270. 倉敷市立美術館・倉敷市立美術館
271. 津田永忠の新田開発の心・柴田一
272. 岡山ぶらりスケッチ紀行・南一平・網本善光
273. 倉敷美観地区 歴史と民俗・吉原睦
274. 森田思軒の世界・倉敷ぶんか倶楽部
275. 三木行治の世界・猪木正実
276. 岡山路面電車各駅街歩き・倉敷ぶんか倶楽部
277. 赤磐きらり散策・高畑富子
278. 岡山民俗館 民具一〇〇選・岡山民俗学会
279. 笠岡市立竹喬美術館・笠岡市立竹喬美術館
280. 岡山の夏目金之助(漱石)・横山俊之・熊代正英
281. 吉備の中山を歩く・熊代哲士・熊代建治
282. 備前刀 日本刀の王者・佐藤寛介・植野哲也
283. 繊維王国おかやま今昔・猪木正実
284. 温羅伝説・中山薫
285. 現代の歌聖 清水比庵・笠岡市立竹喬美術館
286. 鴨方往来拓本散策・坂本亜紀児
287. 玉島旧柚木家ゆかりの人々・倉敷ぶんか倶楽部
288. カバヤ児童文庫の世界・岡長平
289. 野﨑邸と野﨑武左衛門・猪木正実
290. 岡山の妖怪事典 妖怪編・木下浩
291. 松村緑の世界・黒田えみ
292. 吉備線各駅ぶらり散策・倉敷ぶんか倶楽部
293. 「郷原漆器」復興の歩み・高山雅之
294. 作家たちの心のふるさと・加藤章三
295. 自画像の異彩画家 河原修平の世界・倉敷ぶんか倶楽部
296. 岡山の妖怪事典 鬼・天狗・河童編・木下浩
297. 歴史・伝承・文学・アート 岡山の魅力再発見・柳生尚志
298. 井原石造物歴史散策・大島千鶴
299. 岡山の銀行 合併・淘汰の150年・猪木正実
300. 吹屋ベンガラ・臼井洋輔